KB090948

행성B 산문 시리즈   쓰는 존재

문태준 지음

그리움의   문장들

행성B

차 례

프롤로그

그리움은 식물성이다. 한곳에 뿌리를 내리면 일생을 그곳에 머문다. 무장무장 자라고 꽃잎을 열어 애잔한 향기를 터트린다. 끝이 아니다. 다음 해가 되면 여지없이 다시 새잎을 열고 가열하게 가지를 뻗는다. 그리움은 정적인 감정이다. 그런데도 때로 사무치게 격렬하고 미치지 않는 데가 없이 출격해서 동적으로 느껴진다. 지금 내 곁에 없기에 갈망하고, 오래도록 내 안에 살기에 그리워한다. 들끓고 쏠린다.

나는 그리움에 미쳐서 산 지 오래되었다. 덕분에 그리움의 문장들을 꽤 많이 수집하게 되었다. 내가 학교에서 처음 잉글리시를 배울 때 나는 이 문장을 보고 충격에 휩싸였다.

I miss you. 어떻게 '놓치다'는 말을 나와 너 사이에 넣어서 그리운 마음을 표현할 생각을 했을까. 저 문장을 처음 만든

사람에게 한없는 경의를 보낸다. 내가 놓쳐버린 그 시간, 나를 지나가 버린 그대가 그리움이다. 너라는 결여를 인정하지 않으려는 내 마음의 지향이 그리움이다. 그리움은 수만 개의 정의로 명명될 수 있지만, 그리움의 본질을 이 문장만큼 명료하게 드러낸 표현도 없다.

동물과 식물은 각기 사랑하는 방식이 다르다. 동물은 다가가서 만나고 사랑을 쟁취한다. 식물은 기다려서 만나고 사랑을 얻는다. 그래서 동물적 사랑은 움직임이 보여서 분명하게 느껴지고, 식물적 사랑은 고요해서 아련하게 느껴진다. 나는 식물의 방식을 존중하고 선호한다. 식물적인 것들은 기다림을 본질로 하므로 오랫동안 발산 기관을 진화시켜 왔다. 내 존재를 알려야 하므로 노래나 편지나 전화나 그림이나 향기의 형식으로 발산한다. 이 오래된 식물성 표현 방식이 그리움이다. 식물적인 것들은 정지를 극복하고 유대하며 생존해 왔다. 사랑이 교환적이라면 그리움은 개별적이고 독립적이다. 그리움은 의무나 책임이 아니라서 무해하고 무용하다. 그래서 때로 사랑보다 온유하고 오래 참고 유용하다.

한때 그리움은 보고픔과 기다림과 외로움을 합체한 말이었다. 너에게로 출격하는 내 마음의 전부, 모든 감정을 대체하는 단 하나의 명사였다. 보고 싶다는 말보다 더 사무치게 보고 싶다는 말이었고, 사랑한다는 말보다 더 미치게 사랑한다는 말이었다. '보고 싶다'보다 더 멀리, '기다린다'보다 더 오래, '사랑한다'보다 더 굳세게 지키는 마음이었다. 그리움을 번역한 'Longing'이나 'Yearning'을 보면 내 해석이 아주 틀리지는 않다. 누군가에게는 아득히 머물고, 누군가에게는 해마다 새봄처럼 온다.

내가 살면서 놓쳐버린 수많은 외롭고 아프고 슬픈 것들이 내 그리움의 전모다. 여름이면 폭우로 쏟아지고, 겨울이면 대설로 덮는다. 봄이면 꽃그늘로 적시고 가을이면 단풍으로 물들인다. 꼼짝없이 갇혀서 나는 그리움을 살았다. 그렇게 나는 그리움의 천재가 되었다. 그리움에 유폐되어서 나는 오래된 발화 양식, 문자로 그리움을 그려내고 썼다. 이 책은 그리움에 관한 생태보고서, 혹은 나의 그리움 투쟁기라고 할 수 있겠다. 모든 인간이 생득적으로 그리움을 살도록 설계되어 있지만, 그중에서도 나는 유별하게 그리움에 천착한 까닭에 누구보다도 전문적 식견을 갖추고 있다고 할 수 있다. 물론 지질학자라고 해서 지진을 다 예측하지는 못하듯이 그리움 전공

자라고 해서 속속들이 다 알지는 못한다.

그리움의 전파 경로는 특정할 수가 없다. 소화기관으로도 피부접촉으로도 공기 중의 비말로도 옮는다. 가장 무서운 일은 생각하는 것만으로도 발병한다는 점이다. 다년간의 관찰로 밝혀진 바로는 그리움 바이러스는 숙주에 달라붙어 기생한다. 그리움이 서식하기 좋은 환경 조건이 있다는 뜻이다. 외로움 세포나 허기 세포에 특히 잘 흡착된다. 그리움이 외로움과 허기에 전이되면 곧 변이를 일으키고 달리 손쓸 방법이 없게 된다. 이 메커니즘은 인류가 오래도록 밝혀내려고 했던 생로병사의 비밀과 맞닿아 있다. 이 변이는 생명현상이면서 동시에 죽음의 과정이기도 하다. 허기를 느끼지 못하면 먹지 않게 되고, 외로움을 느끼지 못하면 사랑하지 않게 되고, 그리움이 없으면 문명의 진화도 없다. 따라서 그리움을 말하려면 반드시 이 셋의 관계를 언급해야 한다. 이 보고서는 엄밀하게 인간의 그립고 외로운 허기에 관한 기록이다. 사랑함의 허기, 사랑받지 못함의 허기, 고단한 끼니의 허기, 채워지지 않는 그리움의 허기. 그 가엾은 인간 조건에 관한 이야기다. 보고픔이나 배고픔이나 고달픔이나 서글픔 따위들이 내게는 다 그리움이다.

그리움을 복간한다. 2014년 봄, 나는 《이 미친 그리움》이라는 책을 엮었다. 한동안 세간에 회자되었으나 어떤 비운으로 짧게 살다 절판되었다. 이후 나는 두 권의 산문집을 더 냈고, 이 책은 잊혀 갔다. 그 사이 무참한 전염병이 세상을 휩쓸었다. 사람과 사람 사이가 이격돼야만 살 수 있는 시대가 되었고, 사람들은 따로따로 혼자 있게 되었다. 겨우 그리움으로 버티는 세상이 되었고, 그리움 없이 살기 어려운 물리적 거리두기가 일상화되었다. 바이러스가 그리움을 소환한 까닭에 기억 저편에 있던 나의 미친 그리움도 호명되었다. 그간 써두었던 그리움에 관한 글들을 새로 수록하고 기존의 낡은 글들을 대폭 수선했다. 새로운 책을 낸다는 생각으로 아까운 글만 남기고 들뜨고 소란스런 글들을 과감하게 쳐내고 없앴다.

그리워할 수 있다는 건 살아 있다는 것이다. 살아 있다는 건 살아남았다는 것이고, 덤벼드는 적들로부터 용케 도망쳤거나 잘 이겨냈다는 의미일 것이다. 아직 지지 않았으므로 우리는 그리워할 수 있다. 그리움은 생존 무기다. 무기는 꼭 사용해서가 아니라 가지고 있는 자체만으로도 힘을 가진다. 방호복이나 비상식량처럼 그리움도 나를 지키고 보살피는 데에 긴요하다. 당신도 당신의 그리움이 녹슬지 않게 닦아내고 무딘 날을 단련하기 바란다. 절연의 시대에 살아남으려면 그리움의 연금술을 익혀야 한다. 사랑의 화학반응은 끌림에서 시작된다. 너와 내가 이완되고 해체되고 결합돼야 우리라는 사이가 생겨난다. 그리움으로 생존하자. 살아 있음으로 열심히 그리워하자.

1부

바닷가 우체국

바닷가 우체국에서

　당신이 미웠습니다. 어제는 초저녁부터 당신이 떠서 힘들었습니다. 당신의 눈빛과 음성과 손짓에 익숙해지지 않으려 애썼던 날들이 무용지물이 되었습니다. 작고 사소한 버릇들까지 사랑해 버려서 그걸 하나하나 되돌리는 데 너무 많은 일생이 소요될 것 같아 어질병을 앓습니다.

　당신이 머문 자리에 나는 남아서 봄을 감당하고 있습니다. 당신이 올지도 몰라 동백을 삶고 산수유를 찌고 벚꽃을 무쳤습니다. 그리움의 온도가 과열되면 바닷가 우체국에 가서 편지를 씁니다. 창문 밖으로 파도가 지나가고 호랑가시나무 잎들이 지나가고 배가 지나갑니다. 행인이 없어 쓸쓸할까 봐 바다도 몇 차례 모래를 쓸며 지나갑니다. 바다의 배려는 눈물겹습니다. 바람이나 모래알이나 외로움 같은 건 빼놓고 아늑한 햇볕과 환한 풍경만 유리창 안으로 넣어줍니다.

그리움은 늘 당신보다 앞서갑니다. 오늘은 맑았다고 쓰고, 오늘은 흐렸다고 쓰고, 오늘은 바람이 불었다고 쓰고, 오늘은 해당화가 붉었다고 씁니다. 당신은 단순하고 무심합니다. 내가 쓸데없이 그날의 날씨나 말하는 걸로 아는가 봅니다. 내 마음의 일기가 어떻다는 걸 눈치채지 못하는 사람이 당신입니다. 그러니 내 그리움은 당신보다 한참 멀리 앞서가서 또 기다리고 있어야 합니다. 편지를 써도 부치지 못하는 날이 더 많습니다. 당신은 모르겠지만 나는 그리움마저도 아낍니다. 당신을 향한 그리움이라서 아껴서 그리워합니다.

당신이 언젠가 우스꽝스러운 답장을 해왔습니다. 거기 가게 되면 우체국장님한테 식사 대접 한번 하겠다고. 나는 한참을 웃었습니다. 그러면 우편배달부 노릇을 하는 갈매기는 어떻게 할 거냐, 우표 대신 해당화 꽃잎을 붙여 파도 무늬로 소인을 찍고 있는 구름들은 어떻게 할 거냐, 바다가 다 직원들인데 저들에게 몽땅 밥을 살 거냐, 여기선 식사 후에 읍내다방에 가서 커피를 마시는 게 관례인데 바다가 몰려가면 읍내가 감당할 수 있겠느냐. 나는 심심해서 바다에게 이 얘기를 했습니다. 바다가 배를 잡고 웃다가 지나가는 배들이 뒤집어 질 뻔했습니다. 세상 물정 모르는 당신, 남들한테 잘할 생각 말고 나한테나 잘하세요. 여기는 내가 챙길 테니 당신은 나에게만 다정하세요.

당신을 그리워하는 일은 여행과 닮았습니다. 어떨까 상상해 보게 되고, 어떤 일이 벌어질까 궁금하고, 어쩌면 너무나 반해 거기서 눌러살게 될 결심을 하게 될지도 모르고, 잊을 수 없는 운명의 사람을 만나 같이 사는 걸 꿈꾸게 될지도 모르고. 그래서 매일매일 얼굴을 씻고 거울을 볼 때마다 흥얼거리게 됩니다. 오늘따라 좋은 일이 일어날 것 같은 느낌, 당신이 나보다 나를 더 그리워하게 될 것 같은 예감. 나는 애플망고를 먹을 때, 코코넛 즙을 마실 때, 패션프루트를 삼킬 때 에로티시즘을 느낍니다. 그 달콤하고 향긋한 열대우림이 몸 안으로 들어올 때 짜릿한 그리움의 정체를 실감합니다. 그래서 알게 됩니다. 바다가 몸을 뒤채며 잠 못 드는 이유가 그리운 열대 때문이라는 것을. 바닷가에 우체국을 세울 생각을 한 바다의 뜻과 계획이 미루어 짐작되기도 합니다.

눈이 내리면 그것이 바다의 편지인 줄, 비가 내리면 그것이 바다의 노래인 줄, 해일이 일면 그것이 바다의 그리움인 줄 아시기 바랍니다. 나의 그리움은 성산포의 일출이나 덕적도의 일몰처럼 일상적이고 순순합니다. 오늘은 노을이 좋아서 봉투에 밀봉해 보냅니다. 어제는 빨간 우체통에 동백꽃이 피었다는 편지를 넣었고, 그제는 소라고둥 껍데기에 파도 소리를 넣어서 부쳤습니다. 여기 바닷가에는 수집할 그리움의 문장이 많아 당신께 보낼 엽서며 편지가 가득합니다. 그러니 내 그리움의 도착지, 당신은 지치지 마시고 내내 건강하시길 빕니다.

그리움에 대한 정의

마음은 어디에 사는가를 두고 혼자 심각해졌다. 마음이 뇌에 사는지 심장에 사는지 종잡을 수가 없었다. 어느 때는 한없이 뜨겁다가 어느 때는 무서울 만큼 냉정해지는 마음의 정체가 일평생 궁금했다. 나는 결론을 내렸다. 마음도 외로워서 저물 무렵에는 심장으로 거처를 옮기기도 한다는 것으로.

마음이 세 든 집에 가보았다. 마음은 보이지 않고 그리움만 독거하고 있었다. 그리움이란 무엇일까 하고 혼자 궁리해 보았다. 글과 그림과 그리움이 한 엄마에서 나온 자녀들이라고 들었다. 동사 '긁다'가 그들을 낳은 어미라고 했다. 나무껍질에든 동판에든 그 위에 긁어 새기는 것이 글과 그림이 되었고, 마음에 긁어 새기는 것은 그리움이 되었다고 한다. 나는 이 말이 아름답다고 여겨졌고, 쉽게 수긍되었다. 그림을 그리고 시를 쓰고 누군가를 그리워하는 일은 없는 것들에 대한 열망과 사라져갈 것들에 대한 연민이다. 존재를 확인하고 싶은 욕망, 소유하고 싶은 욕망이 그림으로 표출되고 시로 읊어진다.

그리움의 원천은 마음의 교환, 결핍의 틈새를 메울 사귐이다. 사귐도 '새기다'에서 왔다. 벽에 암각화를 새기듯 자신의 존재를 상대의 심장에 돋을새김해 두는 게 사귐이다. 그러므로 사귄다는 것은 필시 보고 싶어 하고 그리워하는 마음과 잇닿아 있다. 모든 사라지는 것들의 공허와 상실의 운명으로부터 그리움은 서로의 부재를 견디는 방식이다. 견디는 동안 서로의 형상은 돋을하게 가슴에 새겨진다. 그러므로 삶이라는 추상이 느낌으로 감각되는 생의 유효기간은, 무언가를 그리워하기 시작해서 더 이상 그리워하지 않게 된 동안까지이다. 곁에 있을 때는 가장 기쁜 기쁨으로 사랑하고, 곁에 없을 때는 심장에 동판화를 새기듯 죽을 것처럼 그리워하면 될 일이다.

사람이 시를 쓰는 이유는 마음을 숨겨둘 언어가 그곳에 많기 때문이다. 사람이 그림을 그리는 이유는 마음을 감춰둘 여백이 그곳에 많기 때문이다. 그 마음을 굳이 그리움이라는 말로 부르지 않는 이유는 그것이 사람이 이 세상에 와서 일평생 복무하는 일의 전부라서 그렇다. 사람으로 산다는 것은 그리움에 종사하다 그리움에서 퇴직하는 일이다. 죽은 이들을 해부해 보면 마음자리가 늘 비어 있다. 그리움 세포가 마음을 가장 먼저 괴사시키고 온 장기로 전이되기 때문이다. 의사들은 그 붉은 종양의 발원지가 마음이라고 진단한다. 그래서 누군가를 미치도록 그리워해 본 사람들은 안다. 세포가 분열하듯이 그리워하면 그리워할수록 마음의 우주가 팽창한다.

나는 사랑한다, 그리운 것들을

나는 바닷가 우체국에서 그리움을 수학했다. 누가 그곳에 우체국을 세웠는지 모른다. 내가 그 바다에 갔을 때부터 거기 있었다. 벽면 하나를 통유리 창으로 달아 바다를 환히 내다 보고 있었다. 바람이 몰어오는 먼바다의 문장을 수집하며, 수 시로 희고 붉고 검게 변하는 구름의 기분을 지켜보며, 이따금 돌고래 떼가 뿜어대는 무지개 분수를 감상하며 거기 서 있었 다. 가을 끝자락부터 새봄이 시작되기 전까지 나는 그해 겨울 동안 그 바닷가에 살았다. 외로워서 편지를 썼고, 독백하다 지치면 시를 썼고, 분량이 넘치면 우체국에 들어가 주소지 없 는 그리움을 부쳤다.

내가 이력서에 그리움 학위가 있다고 써두면 사람들은 놀 란다. 미친놈을 봤다고 곧바로 서류를 파기해 버리는 인사담당자도 있고, 어이없어하면서도 확인하기 위해 우체국에 직접 전화를 넣는 성실한 직원도 있다. 물론 그 이력서로 한 번도 채용된 적은 없다. 면접까지 갔던 적이 딱 한 차례 있는데, 그때 면접관이 집중적으로 그 학위에 대해 추궁했다. 논문은 뭘로 썼느냐, 학위는 누가 발급했느냐, 학문 창시자는 누구냐, 입문서나 개론서는 있느냐, 그게 전공이라면 그리움의 개요를 설명해 보라. 나는 살다 살다 별 요상하고 희한한 질문을 다 받아보게 되었다. 심드렁하게 나는 대답했다. 학위는 당연히 내가 발급했고, 그리움의 시편들로 논문을 대신했고, 심사는 바다가 했고, 교재는 앞으로 내가 쓸 생각이고, 개요는 설명할 수 없다고 했다. 세상에는 알아도 말할 수 없는 것도 있고, 또 말로 설명하는 순간 이미 그것이 아니게 되는 것도 있다고 말해 줬다. 물론 바로 잘렸는지 그쪽에선 연락이 없었다. 나는 그 회사가 잘되길 바랐으나 그 회사는 얼마 안 가서 망했다. 나를 채용했더라면 그 회사의 운명은 달라졌을 것이다. 아마 세상에서 그리움을 가장 잘 만들어 파는 그리운 기업이 되었을 것이다. 실로 안타깝다. 내가 밝히고 싶지 않은 과거를 이렇게 실토하는 이유가 있다. 사람들은 순진해서 학위가 있다거나 전공 분야라고 하면 거짓말을 해도 진짜로 믿고 잘 속아 넘어간다. 내가 써넣은 이력 한 줄이 나를 취업시키지는 못했지만, 지금부터 내가 늘어놓으려고 하는 허무맹랑한 장광설들이 신빙성과 권위의 옷을 입게 될 것이다. 나는 인간들의 허술한 감상과 취약한 허영심을 이용하려고 나의 사적인 추억의 공간, 바닷가 우체국을 공개했다.

그리움은 공평하다. 누구나 그리움의 지분을 가지고 있다. 다만, 쓰는 용도가 다르고 다루는 기술이 다를 뿐이다. 방치해 두고 아예 사용하지 않는 사람도 있고, 고루하고 구시대적이고 촌스럽다고 숨기는 사람도 있다. 그리움을 적절하게 투자해 행복을 창출하는 데 쓰는 사람도 있고, 그리움을 과다하게 복용해 후유증으로 고생하는 사람도 있다. 나는 그리움 기술자로서 그리움과 일정한 거리를 두고 지낸다. 가까이하면 좀 사람을 지치고 힘들게 하는 구석이 있다. 너무 멀리하면 수분이 부족한 피부처럼 영혼을 푸석거리게 만든다. 지내기에 쾌적한 실내온도가 있듯이 그리움도 적정하게 조절할 필요가 있다. 그래서 나는 그리움에게 단호하게 말해 둔다. 내가 부르기 전엔 달려 나오지 마라, 특히 손님이 왔을 때 흥분하거나 먼저 나대지 마라. 여기서 '손님'이란 내가 무언가에 끌려 매혹된 감정, 혹은 찌르르 감전되는 첫 느낌, 호기심이 드는 첫인상처럼 심장의 전기반응을 일컫는 환유이다. 단속하지 않으면 그리움이 제멋대로 작동해 주인을 곤경에 빠트리는 일이 종종 발생한다.

　나는 사랑보다 그리움을 더 좋아한다. 이렇게 발설하면 따지는 사람이 있을 것이다. 사랑하면 그리운 거고, 그리워해야 사랑인 건데 어떻게 둘이 따로따로 분리될 수 있느냐고. 언뜻 일리가 있어 보이지만 전문가적 소견으로 보면 엄밀하게 그건 틀렸다. 사랑이 끝나고 나니 비로소 그리움이 밀려드는 경우도 있고, 서로 그리워하다가 막상 사랑하고 보니 그리움이 증발되고 없더라는 슬픈 사례도 보고되고 있다. 그리움과 사랑은 한 몸이 아니라 이란성 쌍둥이 같은 것이다.

　내가 사랑보다 그리움을 더 좋아하는 이유가 있다. 사랑은 때로 못 견딜 만큼 괴롭지만 그리움은 보고 싶은 바다나 기다리는 첫눈이나 설레는 여행 같아서 참으면 참아진다. 또 참은 만큼 굉장한 기쁨이 있다. 사랑은 배신하는 일이 있지만 그리움에게 배신당하는 사람은 없다. 사랑은 유지에 드는 체력도 시간도 비용도 필요하지만 그리움은 그런 게 필요 없다. 무엇보다 사랑은 나 혼자만의 소유가 아니어서 권리 주장이 어렵지만 그리움은 온전히 단독 소유다. 저당 잡혀도 눈치 볼 이유가 없다.

사랑은 이타적일 때도 있지만 지극히 이기적인 욕망이다. 이 결핍, 이 욕망의 충족은 타자와의 호혜적인 관계성에 의존한다. 즉 인정욕구와 같아서 주체적으로 주관하고 해결할 수 있는 감정이 아니다. 그래서 사랑은 사회적이다. 그리움은 어떤가. 지극히 개별적이고 사적 영역 안에 있다. 타의에 좌우되지도 않는다. 내가 생산하고 내가 소비한다. 공급이 과다해 재고가 남아돌아도 상관없다. 제조일자는 있으나 유효기간은 없다. 부패해서 누군가의 배를 앓게 하거나, 너무 높이 적재해 무너져도 타인이 다칠 일이 없다. 사랑은 육감만으로도 들키지만 그리움은 바코드를 찍고 신원조회를 해도 나오지 않는다. 국가가 내 마음을 압수수색해 디지털 포렌식하기 전에는 그 비밀한 내막이 드러나는 일도 없다. 사랑에는 고난도의 기술과 각종 매뉴얼이 필요하지만, 그리움은 특별한 학습이나 기술 없이도 누구나 사용할 수 있다. 수분크림 같아서 잘 사용하면 촉촉하고 탱탱하게 마음의 텐션을 오래도록 유지할 수 있다.

그리움 애용자들 다수는 그리움을 과거를 추억하고 회상하는 데 쓴다. 초보자들이 주로 그렇게 한다. 그 그리움은 내가 이미 늙어버렸다는 자조와 한탄의 증명이다. 그 그리움은 경험한 것들, 이미지로만 존재하는 것들, 기억으로 편집된 것들에 붙들려 있다. 자전적인 서사에 머무는 그리움이 나는 몹시 안타깝다. 진짜 선수들은 지금 당도한 것, 여기에 살고 있는 것, 무해하고 무용해 보이는 것들에게 향한다. 그러다 경지에 오르면 그리움은 외부가 아니라 내부로 물길을 튼다. 너나 그것이나 무엇에게가 아니라 나 자신을 그리워하는 데 에너지를 쏟는다. 자신을 그리워하는 그리움에 주화입마된 상태를 나르시시즘, 혹은 자기애라고 한다. 나르시스의 몸에서는 피톤치드가 은은히 스며 나온다. 그리움은 편백나무나 자작나무 숲 같은 영혼을 갖는다.

그리움을 볼 수는 없지만 냄새 맡을 수는 있다. 그리운 것들은 모두 냄새로 온다. 아기 냄새, 엄마 냄새, 겨울바람 냄새, 설탕 냄새, 생선 냄새, 고양이털 냄새, 자운영꽃 냄새, 비 냄새, 유자 냄새, 재스민 냄새, 사람 냄새. 그렇게 그리운 것들은 실체적이고, 생생하고, 곁에 있다. 나는 그것들을 느끼고, 내 사랑은 모두 그리운 것들의 고유한 냄새로 온다.

그리움의 중력

그리움은 중력 같은 것. 평상시에는 느끼지 못하지만 어느 순간이 되면 그것만큼 엄청난 저항이 없다는 걸 알게 된다. 누구나 그리움의 무게를 안고 살아가지만 아무도 내색하지 않는다. 적응이란 무섭다. 중력 자체를 잊게 만든다.

배명훈의 SF 소설집,《예술과 중력가속도》에는 달에서 무용수로 살아가는 여자 이야기가 나온다. 상상만 해도 로맨틱하다. 그녀는 가볍게 도약한다. 느리게 펼쳤다 느리게 오므리는 모란처럼 우아하게 춤춘다. 어느 날 그녀는 달에서 지구로 이주하게 된다. 그녀는 무거운 지구의 중력 때문에 좌절한다. 발 끝에 온 힘을 모아 뛰어올라도 달의 6분의 1만큼밖에 상승하지 못한다. 달에서 가능했던 현란한 동작들이 지구에서는 구현되지 않는다. 지구인에게는 너무나 당연한 삶의 조건이 다른 별에서 온 누군가에게는 짐이 되고 형벌이 된다. 우리가 우주의 어떤 시간에서 지구로 이주해 온 첫 사건을 '탄생'이라고 한다면, 지금 이곳에서의 삶이란 탄생과 동시에 고통이 함께 한다는 가혹한 운명관도 성립하게 된다.

이야기가 더 남아 있다. 달에서 이민 온 그녀는 지구에서 사귄 남자에게 공연 초대장을 내민다. 초대장의 타이틀은 '무중력의 경이!'다. 외계예술가협회 창립기념공연이다. 화성신체예술가동맹과 지구궤도예술가조합과 그녀가 소속된 달예술가협회가 합작해서 선보이는 전무후무한 공연. 달과 화성과 지구의 환경을 완벽하게 재현한 특별 무대에 남자는 초대받는다. 지구 남자는 그녀가 늘 안타까웠다. 날개를 활짝 펴고 날지 못해 슬퍼하는 그녀를 볼 때마다 마음이 아팠다. 그런데 오늘은 달랐다. 미항공우주국 우주센터에 설치된 특수한 무대에서 그녀는 비로소 날아오른다. 남자는 그녀의 예술혼을 경이로운 눈으로 바라본다. 세상에서 가장 아름다운 도약과 가장 자유로운 춤을 본 남자는 달의 여자를 더욱 사랑하게 된다. 그러나 이 이야기는 비극으로 끝을 맺는다. 너무나 무겁고 음울한 지구의 중력가속도를 이기지 못하고 그녀는 스스로 목숨을 끊는다.

나는 유년시절에 높이뛰기와 멀리뛰기 선수였다. 점프력을 향상시키기 위해 스프링보드를 밟고 도약하는 연습을 수없이 반복했다. 장난감 자동차를 가진 아이들이 한번쯤 트랜스포머를 상상하듯이 나는 하늘 높이 날아올라 내가 원하는 시간만큼 공중에 머무르는 것을 자주 꿈꿨다. 그녀처럼 지구의 중력을 거스르고 싶었다. 사람들이 눈치채지 못하게 10센티미터쯤 공중에 떠서 지표면을 밟지 않고 걸어 다니는 상상도 해보곤 했다. 이런 일탈적이고 불순한 상상에 감염되면 지구에서의 삶은 그때부터 몹시 고달파진다. 어떤 소년들은 저항할 수 없는 중력 때문에 음울하고 내성적인 남자가 되고, 어떤 소년들은 만유인력의 법칙에 재빨리 순응해 장딴지에 근육을 채우며 쾌활한 어른으로 변한다. 나는 중학생이 되면서 높이 뛰려고 발버둥 치는 외로운 스포츠를 그만뒀다. 대신에 수학과 윤리와 기술 과목들이 내 인생을 지배하도록 허락했다. 그 대가로 나는 외계로 나가는 상상의 출구를 잃었고, 지구적 삶에 적응했고, 지금껏 보통의 일반인으로 살아남았다.

그리움이란 사이언스 픽션이다. 나를 날아오르게 만드는 것, 나만의 비밀스런 공상 같은 것. 그것이 실현 가능한가 불가능한가는 상관없다. 그리운 외계가 내 안에 살고 있으면 된다. 몸은 지구의 중력에 붙들려 있어도 마음은 달의 중력에 반응한다. 그래서 사랑하는 사람이 생기면 가장 먼저 마음이 설레고, 마음이 달려 나가고, 그 사람 이름과 눈빛과 입술이 마음에 새겨진다. 그리움의 중력은 심각하게 마음에서만 작동한다. 그리움의 질환이 있는 사람들은 다 아는 우리 행성의 비밀이다.

그리울 사람

그리움은 설원의 눈표범이다. 눈표범은 설원에 있을 때 아름답고, 그 아름다움은 눈꽃과 분별되지 않아서 눈에 띄지 않는다. 보이지 않지만 어딘가에서 집요하게 목표물을 주시하고 있는 푸른 야생이 있다. 그리워하는 일이 그렇다. 드러나지 않지만 선연하고 표표하다. 완강한 털에는 고요의 냄새가 묻어 있다. 눈표범은 자신의 아름다움 때문에 멸종해 가는 중이다. 황홀한 무늬와 따스한 털을 지녔다는 이유로. 희귀종이 되어가는 오래된 그리움의 습성.

느낌이 오는 사람이 있다. 이 사람은 맑다. 설원 냄새가 난다. 내내 그립겠다. 그리울 사람이겠다. 한동안 그리운 사람이었다가 문득 떠오르는 사람 정도면 좋으련만. 불길하다. 희미해지지 않겠다. 일생이 걸리겠다. 마음의 정중앙에 박히는 사람. 그리움의 진앙지가 되겠다.

　나는 대설주의보를 무시했다. 종종 빗나가던 일기예보가 그날따라 적중했다. 고립돼 있었고 대설이 산정을 덮었고 나는 아득했다. 온통 무채색이어서 앞이 분간되지 않았다. 두려움이 엄습해 왔을 때 내 안에서 눈표범이 뛰쳐나왔다. 눈표범이 눈을 밟을 때마다 그리움의 뼈가 부서지는 소리가 났다. 나는 휘청이며 눈표범의 발자국을 따라갔다. 가시덤불에 찔렸는지 핏방울이 발자국 위에 꽃잎을 수놓았다. 그리움이 흘린 눈물이 붉어서 아름다웠고 처연했다. 나는 간신히 집에 돌아와 탈진했다.

　나는 그리워했으므로 그 겨울에 살아남았다. 눈표범이 없었다면 길을 잃고 길눈에 묻혀서 봄볕이 내리쬐기 전까지 발견되지 못했을 것이다. 간절해지면 느낌이 온다. 그 사람에게서 푸르스름한 그리움의 냄새가 난다. 그러면 거부하지 말고 받아들여야 한다. 그리울 사람은 그리워해야 한다. 그것은 느리고 길고 고독한 일이지만, 그것을 살기로 마음먹으면 하나의 인생이 된다. 저항해도 그리울 사람은 끝내 그립게 된다.

우연과 운명

나는 운명을 믿지 않는다. 그렇지만 운명에 '그리운 운명'이라는 게 있다고 믿는다. 보충 설명을 하자면 누군가를 일평생 그리워하도록 프로그램된 운명이 분명 있을 거라는 의미다. 그 운명에 '우연'이라는 뜻밖의 사건이 가세하면 한 편의 드라마가 된다. 그래서 많은 로맨스 장르의 영화는 운명이라는 원고지에 우연이라는 펜으로 스토리를 써내려 간다. 지구에 사는 그 많은 그리움 중에 불멸의 전설로 남은 그리움들은 대개 이 우연과 운명의 플롯에 기대고 있다.

사랑의 서사가 있다. 이 사랑은 숨 막히는 현실 속에서는 단 한 순간도 살아가지 못한다. 오직 필름 속에서만 생화처럼 피어 있다. 영화 속의 사랑이 아름다운 이유는 그것이 현실의 것이 아니기 때문이다. 아닌데도 가능한 것처럼, 내게도 일어날 것처럼 착각하게 만드는 능란한 조작술. 내가 주로 읽는 책들은 이런 영화적인 사랑이 얼마나 인간의 이성과 합리적인 사유를 마비시키는지, 현실의 사랑을 얼마나 초라하고 비관하게 만드는지 경고하고 있다. 그런데도 갈증처럼, 지상에 없으나 있다고 믿고 싶은 사랑을 찾게 된다. 그 위험한 낭만적 서사에 빠지면 우연의 연속이 빚어낸 운명이 어딘가에 반드시 있을 것이라고 믿게 된다. 기어이 내게도 올 것이라고 믿게 된다. 인간이 그리움을 버리지 않는 한 그들은 망하지 않을 것이다. 영화업자들은 앞으로도 계속 낭만을 찍어낼 것이고 더욱 정교한 운명을 개조해 낼 것이다.

운명을 예감하게 하는 말이 있다. A few years later. '그후'나 '몇 년 후' 같은 말들이 그렇다. 그 말들은 이야기의 클라이맥스가 끝나고 사족처럼 남은 여운으로 받아들여지기도 하지만, 이제 이야기는 서론을 마치고 본격적으로 거대한 폭풍에 휘말리는 운명의 서사에 들어설 것이라는 강렬한 암시를 주는 말이기도 하다. 그래서 지금이 아니라 '몇 년 후'에는 막연한 기대감과 슬며시 고조되는 흥분이 따라붙게 된다. 마치 무료하고 덧없는 일상에 던져진 '주만지의 게임 상자'처럼.

크리스마스이브의 뉴욕을 배경으로 시작되는 영화, 〈세렌디피티Serendipity〉만큼 'A few years later'가 강렬한 운명의 예감으로 다가오는 영화도 드물다. 운명 같은 것을 믿게 되면 제대로 살아가기가 힘들어지는 게 인생이라고 믿는 여자와 전혀 로맨틱하지도 고독하지도 않은 남자가 우연하게 만나는 전개. 삶은 우연의 연속에 지나지 않지만, 때로 그 우연이 필연이 된다는 것. 낡은 문법이지만 여전히 유효하다. 우리삶 속에 우리가 지나치고 있는 운명의 계시가 들어 있다고 믿고 싶어지는 때가 있다. 그래서일까. 우연한 마주침을 운명이라고 과장해서 말하는 남자에게 여자는 그 운명을 시험해 보자고 한다. 5달러짜리 지폐에 남자의 전화번호를 적고,《콜레라 시대의 사랑》책의 앞면지에 여자는 자신의 이름과 전화번호를 적어둔다. 그것들이 수많은 시간과 수많은 사람의 손을거쳐 서로에게 돌아간다면 운명을 받아들이자는 기발한 확률적 시험. 영화는 사랑에 왜 운명이 필요한지 입증해 보이기라도 하듯 애거사 크리스티의 추리소설처럼 숨겨진 운명의 정체를 집요하게 추적해 간다.

몇 년 후, 그동안 삶은 '아슬아슬하게' 평온했다. 스스로가선택한 삶의 방식과 습관화된 체계로 아침이면 일어나 일터로 나가 돈을 벌고, 퇴근해 잠들었다. 누군가 정해 준 것이 아니라 그 모든 것들이 자신이 정하고 설계한 것이라 믿었다. 자신이 선택한 사람을 사랑하고, 그 선택 안에 있는 모든 행복과 불행이 자신의 의지와 계획으로 빚어진 것들이었다. 정말 그럴까? 런던의 여자는 사랑하는 남자를 곁에 두고도, 단한 번 스치듯 만났던 뉴욕의 남자를 그리워한다. 그가 좋아하는 영화라고 말한 폴 뉴먼의 영화, 〈폭력 탈옥Cool Hand Luke〉 포스터 앞에서 어쩌면 필연적인 운명이라는 것이 있을지도 모른다는 생각을 갖게 된다. '그리운 운명'이 작동하자 여자는 떠나기로 결심한다. 어디로 갈 것인지를 묻는 연인에게 여자는 조금은 두렵고 아직은 덜 여문 확신으로 대답한다.

"New York, Maybe!"

운명이란 '메이비'일지도 모른다. 확정된 무엇이 아니라 내가 원하므로, 그 흔들림이 좌초될까 봐 그것을 운명이라는 강력한 힘으로 결박해 두고 싶은 마음. 내가 선택한 것을 완전하게 믿을 수 없는 불안한 인간들의 몸부림 같은 것. 아마도, 운명이란 있는 것이 아니라 있어야만 하는 것일지도 모른다. 별것 없는 관계도 운명이라고 믿으면, 아닐 때보다 훨씬 근사하고 튼튼하고 강렬하고 가치 있는 결합력을 선물해 준다. 운명이 아니라 실은 그래야 한다고 믿는 믿음이 이 모든 것들을 연출하고 감독한다.

누구에게나 눈이 내리는 크리스마스이브의 밤이 있다. 누구에게나 세렌디피티 같은 뜻밖의 행운이 있고, 누구에게나 같은 선물을 고르고 같이 카페모카를 떠먹는 필연의 순간이 있다. 다만 그 우연한 만남을 운명으로 바꾸어내는 조나단과 사라가 있는가 하면, 그런 운명을 믿지도 열망하지도 않는 사람도 있을 뿐이다. 운명이라는 보스에게 나는 잘 보이고 싶다. 그리움의 행동대장이 열망이다. 나는 충성하겠다. 그렇게 나는 '지금' 안에 설레는 운명의 예감과 황홀한 '몇 년 후'의 서사를 채워 넣겠다. 진실로 나는 그리운 필연이 있다고 믿는, 그 믿음을 의심하지 않겠다. 열망하겠다.

고립된 편지

연민처럼 또 눈이 내렸습니다. 숲이 망연자실 고요해졌습니다. 첩첩이 쌓인 눈을 쓸어 길을 내려다 그만둡니다. 당신이 다녀가지 않는 내 마음이 이미 고립무원인 것을 애써 무엇하겠습니까.

청매화가 피려다 꽃망울을 닫았습니다. 다행입니다. 매화가 피었다고, 향기가 푸르다고, 생각보다 봄은 짧다고, 당신에게 편지를 보냈으면 어찌할 뻔했습니까. 편지를 부치고 나서는 또 하염없이 우편배달부를 기다렸을 것입니다. 당신의 답장이 비탈을 구르고 넘어져 다칠까 봐 나는 또 몇 날 며칠 길을 냈을 것입니다. 내 기다림이 수시로 문밖을 서성거렸을 것이고, 오지 않는 우편배달부를 기다리며 나는 점점 초라해졌을 것입니다.

참으로 다행입니다. 매화는 피지 않았습니다. 꽃이 피었다 해도 발설하지 않겠습니다. 오실 필요 없습니다. 여기는 아무 일 없습니다. 고요가 자습시간처럼 엎드려 사각사각 그리움을 깎고 있을 뿐, 나는 외롭지 않습니다. 나는 하나도 그립지 않습니다.

외로운 영혼의 사피엔스들

　날이 저문다. 여행자는 낯설고 외딴곳에서 저녁을 맞이한다. 저녁의 피로는 여행자의 사정을 봐주지 않고 찾아온다. 지상의 불빛들은 어둠이 깔리면 자신의 좌표를 드러낸다. 그 불빛들 하나하나가 생존신호이고 사람과 연결된 별자리다. 그 불빛을 따라가면 낯선 여행자에게 기꺼이 음식과 잠자리를 내주는 사람이 있다. 그가 그렇게 하는 데에는 다른 이유가 없다. 단지 날이 저물고 여행자가 허기졌기 때문이다. 여행자는 그 잠자리의 허름함과 음식의 남루를 탓하지 않는다. 그가 묵는 자리와 그가 먹는 음식과 똑같은 것을 내주었기 때문이다. 그것은 그의 지극한 선의다.

　의문이 든다. 대체 그 선의는 어디서 온 것일까. 무엇을 바라고 낯선 이에게 우리는 베풀고 나누는 것일까. 누군가에게

도움을 줄 때 언젠가는 그것을 되받을 수 있다고 기대하기 때문일까. 그 여행자와 다시 만날 것을 기대하기 때문일까. 여행자가 자신이 받은 선의를 다른 이에게 베풀 것을 기대하기 때문일까.

가령, 지상의 모든 것이 죽으면 신을 만나러 가야 한다고 생각해 보자. 하루를 살다 온 나방이 있고, 천 일을 헤엄치다 온 물고기가 있고, 백 년을 살다 온 사람이 있다고 하자. 신에게는 먼저 온 나방과 물고기와 늦게 온 사람이 아무런 차이가 없을 것이다. 살아서 누린 시간의 길이로 가치를 따지고 의미를 헤아린다면 신의 나라에 만물을 들일 필요가 없을 것이다. 만물마다 신성을 깃들일 이유도, 그 자신이 존재할 근거도 없을 것이다. 마찬가지 아니겠는가. 단 한 번 잠시 만나고 헤어질 사람이나 천 일을 같이 지내다 헤어질 사람이나 똑같이 여기는 사람이 지상에 있는 것이다. 다시 만날 기약이 있거나 없거나 낯선 이에게 잠자리와 빵을 내주지 않는다면, 이 세상에 어떻게 친구가 생겨날 수 있겠는가를 생각하는 사람이 있는 것이다.

여행자는 밥 짓는 연기가 나는 집으로 가 하룻밤을 청한다.

그곳에 신이 살고 있고, 그 신은 사람의 모습을 하고 있다. 그 하룻밤의 시간이 여행자의 일생일 수도 있고, 한 조각의 빵이 세상에 와서 그가 맛보고 가는 음식의 전부일지도 모른다. 그래서 먼저 와 그곳에 머물고 있는 사람은 기꺼이 자신이 가진 것을 내준다. 다시 만날 기약이 없어도 그렇게 한다. 사피엔스가 멸종하지 않고 지금껏 살아남을 수 있었던 이유다. 단 한 번 만나고도 친구가 되고 그리워할 수 있는 외로운 영혼을 가진 덕분이다.

복사꽃이 흩날릴 때

사람에게 미쳐본 적이 있는가. 미친 그리움 때문에 사람이 어떻게 되는지 그 처절한 그리움의 전모를 그려낸 영화가 있다. 내 차를 얻어 타는 사람들은 내가 듣고 다니는 음악에 대해 하나같이 궁금해한다. 영화 〈동사서독〉은 잘 알지만, 이 영화의 사운드트랙이 이토록 신비스럽다는 걸 모르는 이가 많다. 나는 이 음반을 수년 전에 시인 최갑수에게서 선물받았다. 충격과 전율을 지나 황홀한 비애의 극점을 맛볼 수 있다. 최갑수의 시에 그런 느낌이 있다. 그러나 아무에게나 이 음악을 권하고 싶지는 않다. 지난여름에 충분히 햇볕을 몸 안에 저장해 둔 사람들만 듣는 것이 좋다. 매우 음울하고 몽환적이어서, 일조량이 가뜩이나 부족해지는 가을이나 겨울날, 그것도 비 오는 날에 들으면 우울의 임계치가 위험 수위까지 급상승할 우려가 있다.

누구에게나 인생의 사람이나 인생의 책이 있듯이 인생의 영화가 있다. 그 인생의 영화는 천일야화처럼 언제나 가슴속에 장전돼 있다. 뇌관을 건드리기만 하면 터져서 며칠 밤이라도 쏟아낼 수 있다. 내게 〈동사서독〉이 그렇다. 그 사람이 어떤 사람인가를 알고 싶을 때 어떤 영화를 좋아하느냐고 나는 물어본다. 그 사람이 내가 좋아하고 싶은 사람일 때는 왕가위의 어떤 영화를 좋아하느냐고 콕 집어서 묻는다. 〈아비정전〉도 좋고, 〈중경삼림〉도 좋고, 〈타락천사〉도 좋고, 〈화양연화〉도 좋다. 그렇지만 〈동사서독〉은 내가 아는 한 왕가위의 절정이며, 궁극의 영화다.

〈동사서독〉은 복사꽃에 관한 영화다. 흩날리는 복사꽃은 사랑이며 통증이며 기억이며 시간이다. 꽃잎은 엇갈리고 섞이며 스치고 휩쓸린다. 그렇게 짧고 강렬한 꽃의 시간이 끝나면, 길고 긴 사막의 시간이 펼쳐진다. 기억의 통증을 서서히 풍화하는 황량한 사막의 바람. 〈동사서독〉은 돌이킬 수 없는, 돌이킬수록 아픈 복사꽃의 기억에 관한 영화다. 아릿하고 비릿한 그리움 한 소절을 아직도 가슴에 품고 살아가는 사람을 위한 영화다. 놓쳐버린 사랑에 관한 영화다. 이렇게 애매하게 말해야 제대로 정의되는 영화가 또 있을까. 왕가위조차도 자신의 영화에 대해 '어쩔 수 없는 숙명에 관한 영화'라는 모호한 말로 얼버무렸다.

〈동사서독〉을 말하는 사람이라면 오래 벗해도 좋다고 나는 믿는다. 그의 가슴에 복숭아나무 과수원 같은 것이 해마다 몇만 평씩 들어앉을 것이기 때문이다.

당신이 나에게 온 이유

처음 만나 사진을 같이 찍게 되면 사람마다 조금씩 다르다. 팔짱을 껴도 되느냐고 애교스럽게 묻는 사람이 있고, 덥석 팔을 잡고 어깨 가까이 얼굴을 붙이는 사람도 있다. 데면데면 약간의 사이를 벌리고 찍는 사람도 있고, 다정한 양 어깨에 손을 얹는 사람도 있다. 친해지고 싶은 마음의 정도일 수도 있고, 만나기 전에 가졌던 호감의 정도를 표시하는 것일 수도 있다. 나는 몹시 호감을 가졌던 사람, 혹은 만나게 돼 너무나 반가운 사람이라면 사진 찍기와 상관없이 한번 안아봐도 되겠느냐고 묻는다. 주춤거리는 사람도 있지만 대부분은 허락한다. 그러면 나는 가볍게 얼싸안는다. 서양인들이 흔히 나누는 반가운 인사를 따라하는 것인데 허그를 하고 나면 조금 더 가까워진 기분이 든다. 그래서일까. 허그를 나누었던 사람과 찍은 사진을 보면 표정이 편안해 보이고 웃음도 자연스럽다. 함부로 하면 안 되지만 다감한 포옹은 확실히 낯선 감정을 무장해제해 서로를 친근하게 만드는 효과가 있다.

반가운 사람을 만나면 얼싸안고 싶어지는 것은 나의 오래된 그리움의 습관 때문일 것이다. 평소 얌전했던 그리움은 반가움을 만나 잠깐씩 명랑해지고 허기를 해소한다. 우리가 일상적으로 가벼운 인사말로 쓰지만, '반갑다'는 말은 여간 의미심장한 말이 아니다. 반갑다는 말의 어원을 거슬러 가보면 참으로 가슴 뭉클한, 그리움의 기원에 닿게 된다.

'반갑습니다'라는 말은 '반'과 '같습니다'가 합쳐진 말이다. 반은 '밝'에서 왔다. '밝'은 '밝다', '환하다', '크다', '근원', '하늘'을 의미하는 우리말이다. 하늘은 잴 수 없이 무량한 우주의 바탕이고, 그 하늘은 매일 새로운 밝음을 우리에게 선사한다. 그러니 '반갑습니다'는 '당신은 하늘과 같습니다'라는 뜻이고, '당신은 크고 환한 새날과 같습니다'라는 말이다. 오늘 내게 온 당신이 얼마나 존귀하고 환한 존재인지를 우러러 드러내는 인사말이다. 그래서 어떤 사람을 두고 '반듯한 사람'이라고 말하는 것은 그 사람이 세상의 중심이고 삼라만상의 근원과 같다는 최고의 덕담이다.

우리가 늘 쓰는 '고맙다'는 인사말은 어디서 왔을까? '고맙습니다'는 '고마'와 '같습니다'가 합쳐진 말이다. 여기서 고마는 곰을 일컫는데, 곰은 대지를 관장하는 신으로 추앙받는 신령한 동물이다. 땅은 식물을 자라게 하고 인간에게 수확의 기쁨과 풍요를 안겨준다. 그래서 '고맙습니다'는 '당신은 대지의 신과 같이 은혜로운 사람입니다'라는 의미를 가지고 있다. 인간은 누군가의 베풂과 아낌과 보살핌으로 살아간다. 그래서 고마운 사람을 '고운 님'이라고 한다. '곱다'는 말도 '고마'에서 왔으니 곱고 예쁜 것은 세상을 은혜롭게 한다는 의미를 품게 된다. 고맙고 고운 사람이야말로 세상에서 가장 아름다운 존재가 아니겠는가.

사진첩을 들여다보면 유독 웃음 짓게 하는 사진이 있다. 여럿이 어울려 찍은 사진인데 거기에 반가운 얼굴이 들어 있을 때 나도 모르게 미소를 머금게 된다. 고마웠던 사람이 눈에 들어올 때도 있다. 그때의 고마운 마음이 어느새 많이 빛바랜 듯해 미안해지기도 한다. 그래서 나는 혼자 사진첩을 들여다보면서 가만히 혼잣말을 할 때가 있다. 당신도 나도 하늘과 땅의 자녀라는 긍지와 존귀함을 담아 읊조리게 된다.

"반가운 당신! 고마운 당신!"

다 잘 있다

그리움이 몸살을 앓으면 인내는 쉽게 무너진다. 그래서 나는 여행을 그리움의 몸살이라고 부른다. 어제 기억해 둘 만한 실수가 있었다. 바닷가에 사는 이가 전화를 해왔을 때 나는 인사치레로 파도의 안녕을 물었다. 그이가 별걸 다 묻는다는 듯이, 유혹당해 보라는 듯이 호들갑스럽게 대답했다. 파도는 사람이 없어도 언제나 갈매기와 잘 놀고, 심심하면 모래밭에 올라와 게들과도 잘 놀고 있다고. 그때부터 나의 평정심은 흔들리기 시작했다. 체포 영장도 없이 들이닥친 밀물이 내 안에서 뜨거워졌다.

기어이 가서 안녕을 확인해야 안심하겠다고 슬슬 나 자신을 꼬드기기 시작했다. 한번 고집부리면 그리움은 걷잡을 수가 없다. 인내심과 유연성이 썰물처럼 빠져나가는 유혹당한 몸의 특성. 고집이 추억처럼 드세지는 것도 걷잡을 수가 없다. 설마 그런 충동적인 이유로 이 아침바다에 내가 배달돼 와 있는 건 아닐 것이다. 갑판 위에 갓 건져 올린 해를 싣고 가라앉을 듯이 귀항하는 배가 있다. 혼자라도 해마중은 나와야 하지 않겠나 싶은 것이다. 나는 인간계에서 잠시 실종된 것으로 처리된다. 바다 여행은 잘못이 없다. 어느 때라도 옳다. 전화를 건 사람의 실수, 하필이면 그가 바닷가에 사는 실수, 전화기 수신음에 섞인 해초 냄새의 실수, 입을 다물지 못하고 옆에서 소리를 내버린 파도의 실수. 사람들아, 파도는 싱싱하고 안녕하다.

바다는 바다의 일을 하고 등대는 등대의 일을 하고 갈매기는 갈매기의 일을 하고 있다. 천 년 전에 가라앉은 맷돌은 바닷물이 상하지 않게 부지런히 소금을 만들어내고 있고, 새날치는 갈매기가 수면을 지나는 찰나에 튀어 올라 그의 창자를 푸르게 덥히고 있다. 그렇게 물고기도 하늘을 날아보는 것이고, 바다가 지겨워 이제 밤마다 은하수를 헤엄치는 것이리라.

다 잘 있다. 산다는 건 누군가에 의해 벌어진 누군가를 위한 예기치 않은 실수 같은 것. 내 소관이 아니다. 그러니 평화

롭게 아침밥을 먹으면 된다. 농부는 써레질을 하고 회사원은 보고서를 작성하고 시인은 시를 쓰면 좋다. 그러다 몸살이 퍼지면 핑계 대고 떠나면 된다. 해당화는 아직 피지 않았으나, 바다는 잘 있고 파도는 괜찮다.

그리움의 힘

그리움은 고독과 닮았다. 고독을 가까이하는 사람들은 특히 나무를 좋아한다. 아마도 나무가 그리움이나 고독이나 자존을 상징하는 사물로서 가장 잘 어울리기 때문이 아닐까 추측해 본다. 내가 아끼는 책에도 나무와 고독이 나온다. 프랑스 작가 장 지오노가 쓴 《나무를 심은 사람》은 고독한 양치기가 죽을 때까지 황무지에 도토리를 심어 거대한 참나무 숲을 이룩한 이야기다. 아주 짧은 이 단편소설이 수많은 언어로 번역된 이유는 뭘까? 인간들은 모두 고독한 내면을 지니고 있고, 그 안에 자라난 그리움들이 숲을 이루어 술렁이고 있기 때문이 아닐까. 그리움은 누군가를 향하는 마음이고, 그 이타심은 고결한 행동을 이끌어낸다. 책을 펼치면 맨 앞에 이렇게 나온다.

한 사람이 참으로 보기 드문 인격을 갖고 있는가를 알기 위해서는 여러 해 동안 그의 행동을 관찰할 수 있는 행운을 가져야만 한다. 그 사람의 행동이 온갖 이기주의에서 벗어나 있고, 그 행동을 이끌어 나가는 생각이 더없이 고결하며, 그 어떤 보상도 바라지 않고, 그런데도 이 세상에 뚜렷한 흔적을 남겼다면 우리는 틀림없이 잊을 수 없는 한 인격을 만났다고 할 수 있다.

《나무를 심은 사람》, 장 지오노 지음, 두레출판사

나는 꽃씨를 뿌리고 나무를 심는 사람들은 그리움을 견디지 못하는 사람들이라고 생각한다. 마음에 그리움이 꽉 차서 힘드니까 그걸 꺼내서 나무로 심어두고, 꽃씨로 뿌려두는 묘책을 생각해 내지 않았을까. 그리움을 밖에다 심어두고 좀 헐렁하고 편안해진 마음으로 살면 지내기가 한결 부드러울 테니까. 노을도 마찬가지다. 태양이 품고 있기 힘드니까 참다 참다 저녁 무렵이 되면 몸 밖으로 게워낸 각혈이 노을이다. 그리움 때문에 사람이든 태양이든 창의적이고 예술적인 짓을 한다. 남 보기에는 그게 우아하고 아름다운 일로 보이겠지만 실상 품고 사는 자들에게는 애타고 숨 막히고 견디기 힘든 고약한 중병인 셈이다.

　싸뉴뉴라는 벌레가 있다. 내몽고에서 쓰는 말이라서 사전에도 나오지 않는다. 이 벌레는 사막 모래밭에 조그만 구멍을 뚫고 들어가 산다. 이 벌레를 잡으러 다니는 여인이 있다. 이 벌레가 나뭇잎의 수분을 빨아먹기 때문이다. 의문이 든다. 그 작은 곤충이 살기 위해 나뭇잎 좀 빨아먹었기로 매정하게 잡아 죽인대서야 말이 되느냐는 거다. 여인의 사연을 들어보니 말이 되고도 남는다. 측은하고 미안하지만 싸뉴뉴를 그대로 놔둘 수는 없겠다.

　벌레 잡는 여인의 이름은 인위쩐이다. 그녀는 내몽고의 마오우쑤 사막에 산다. 그녀는 모래바람과 모래벌판뿐인 황량한 사막 한가운데 토굴을 짓고 살아가는 남자에게 시집을 간다. 그녀는 사막에 와서 말을 잃는다. 막막한 외로움과 그리움이 팽팽히 맞서 사투를 벌이는 곳이라서 사막이라고 하지 않았을까. 시집온 지 40일이 지나도록 집 앞을 지나가는 사람이 단 한 명도 없다. 그러던 어느 날 모래바람을 헤치고 사람이 걸어온다. 그녀는 미친 듯이 달려가 보지만 길손은 모래 위에 발자국만 남긴 채 사막 저편으로 사라져버린다. 그녀는 세숫대야를 들고나와 지나간 사람의 발자국을 덮는다. 모래바람이 사람의 흔적을 금세 지워 버릴까 봐서.

그리움의 수위가 높아지면 아무리 막아도 둑이 터진다. 인위쩬은 울고만 있지 않았다. '내가 사막을 다스리고 말겠다!'고 다짐을 한다. 그리움이 지독해지면 살기 위해 싸우겠다는 생각에 이른다. 그녀는 당나귀를 끌고 19킬로미터를 걸어가 나무 묘목을 사다가 사막에 심기 시작한다. 아무리 모래땅을 깊이 파고 심어도 물기가 없어 나무들이 곧 말라 죽는다. 그녀는 이삼일에 한 번씩 물지게를 지고 가서 묘목에 물을 부어 준다. 그렇게 일 년을 반복하면 나무가 겨우 뿌리를 내린다.

그렇게 일평생 그녀가 해낸 일은 가히 기적이라 할 만하다. 마오우쑤 사막의 10분의 1, 자그마치 1,400만 평의 고독을 숲으로 바꿔놓았다. 그녀가 사막에 심은 그리움은 80만 그루라고 한다. 싸뉴뉴는 이 여인이 물지게를 지고 나르느라 나무 껍질처럼 거칠어진 발등과 검붉게 익어버린 등짝과 짓눌린 어깨의 고통을 모른 채 묘목에 달라붙어 수분을 빨아먹어 댄 것이다. 사막에 숲이 생기자 사람들이 길을 내며 지나다니기 시작했고, 더불어 나무를 심으러 오는 사람들이 생겨났다.

장 지오노의 양치기 이야기도, 인위쩐의 사막 이야기도 지어낸 이야기가 아니라 실화다. 그리움으로 저 광활하고 황량한 절망을 다스린 사람들의 고결한 이야기다. 이 두 이야기에서 내가 말하고 싶은 건 이것이다. 그리움의 힘을 끝까지 믿으라는 것. 그 사람에게 그리움이 남아 있다면 그는 아직 지지 않은 사람이고, 충분히 살아갈 힘이 있다는 증거라는 것.

흔적에 대하여

'지금이라는 눈부신 순간도 곧 흔적이 되고 말겠지만, 흔적도 지금을 통과해야 흔적으로 남을 수 있다.'

나는 생각 끝에 이 문장을 써두고 무연히 앉아 있었다. 산다는 것에 대해 생각하다가 겨우 이 문장 하나를 흔적처럼 남겼다. 산토끼나 염소가 풀을 뜯고 간 자리에도 까만 환약 같은 똥이 남는다. 풀의 일부가 사라지고 산짐승이 있다가 사라진 흔적이다. 내가 머물다 가고 나면 또 내가 머물던 자리에 묘비 같은 것, 유고작 같은 것, 노트나 필기구나 약속 같은 것이 남을 것이다. 그것들은 나의 똥이지만 그것들이 결코 내가 아니다.

조금 전에는 아름다웠던 생각이 조금 후에는 분노로 바뀐다. 조금 전에는 유쾌했던 기분이 얼마 후에는 우울해진다. 머무는 것이 없고 고정된 것이 없어서 나라고 할 수 있는 게 뭔지 알 수 없다. 그래서 나에게 집중할 수도, 어떤 가치나 물건에 집중할 수도 없다. 시시각각 변하고 의미가 사라지고 붙잡아둘 수 없다.

내가 할 수 있는 건 지금이라는 시간에 집중하는 것이다. 모든 것이 변해가도 지금은 계속 지금이다. 공간이 변하고 시간이 흘러가도 나는 지금에만 머물 수 있다는 것을 안다. 나는 순간과 순간 사이의 얇은 틈에 나를 끼워 넣는다. 원대한 목표나 꿈에 내가 있는 것이 아니라 당장 여기 숨 쉬고 있는 지금에 내가 있을 뿐이다.

그러니 내일은 무엇을 먹을까를 생각하지 말고 지금 먹고 있는 음식의 맛을 충분히 느끼고 함께 나눠라. 지금 걸을 수 있고 뛸 수 있음에 감사하라. 내일은 걸을 수 없게 될지도 모른다. 얼마나 많은 땅을 차지했는지가 아니라 얼마나 깊게 느끼며 땅 위를 걸어보았는가가 인생의 실체에 가깝다. 느낌만이 고유하고 나로 남는다. 세상의 모든 흔적은 느낌의 편린이다. 느낌을 기억하라. 그 느낌의 기억들이 그리움의 실체다.

그리워한다는 것은 느끼고 싶어 한다는 소망이다. 그러니 그리움이 시들기 전에 많이 느끼고 깊게 느끼고 섬세하게 느끼자. 그리움을 뾰족하게 깎아서 찌르면 아픔을 느끼고, 베이면 연고도 바르자. 통증이 있다는 것은 아직 그리움의 감각이 있다는 뜻이다.

2부

그리운 이름

꽃이 그리 쉬운가

사람마다 못 견디는 게 있다. 낯선 자리를 못 견딘다거나 불편한 관계를 못 견딘다거나 뒤에서 들려오는 험담을 못 견딘다거나 혼자 있는 걸 못 견딘다거나. 나는 견딘다. 다만, 봄을 못 견딘다. 봄을 감지하는 경로는 여러 가지다. 나는 폐로 봄과 접선한다. 봄은 은밀하게 상승한다. 햇볕에 데워지는 흙과 공기와 바람과 물과 나무는 시시각각 고유의 냄새를 발산한다. 폐가 봄을 흡입할 때는 냄새 분자의 개별적 고유성을 인정하지 않는다. 냄새들은 서로를 빨아들이고 열렬하게 몸을 섞는다. 혼융된 향기는 폐부의 회로를 따라 뇌로, 내장으로 거침없이 침투한다. 심장의 실린더에 분사된 봄의 입자들은 혈액을 뜨겁게 펌프질한다. 참아내기 힘들다. 절제는 흐트러지고 육체는 흐느적거린다. 3월의 공기는 겨우내 벼린 정신의 날을 일시에 뭉툭하게 만든다.

나는 고요를 흠모한다. 그해 3월의 유혹이 아니었다면 고요와 다정한 살림을 차렸을 것이다. 그깟 매화에 흔들릴 줄은 나도 몰랐다. 매화나무는 매화를 피운다. 봄날이 시키면 어디에서건 꽃망울을 맺고 여차하면 터트린다. 흔한 일이라 새로울 것이 없다. 그런데 그가 반박했다. 그것은 매화에 대한 모독이다. 나는 심드렁하게 그를 바라봤다. 그가 낮은 음성으로 내게 물었다. 한 자리에서 목숨을 다해 몇백 년을 살아내는 일이 흔한가, 꽃을 피우고 열매를 맺는 일이 그리 쉬운가, 가보지도 않고 만난 적도 없으면서 다를 바 없다고 말할 수 있는가, 당신은 단 한 번이라도 당신이 밟고 서 있는 자리만큼이라도 온전히 당신 자신으로 채워본 적이 있는가. 어느새 나는 등뼈를 곧추세우고 앉아 있었다.

그가 밤에 가야 한다고 했다. 하는 수 없이 밤에 따라나섰다. 꽃을 보러 가는데 왜 낮이 아니고 밤이어야 하는가. 나는 물었다. 가보면 안다. 그가 수묵화처럼 여백을 남기고 말했다. 산청군 단성면 운리. 밤새 달린 차가 멈춘 곳은 속세와 인연을 끊는다는 단속사 폐사지였다. 바람은 숨죽였고 공기는 차고 달빛은 괴괴했다. 불 꺼진 몇 채의 지붕 낮은 집들이 절터를 마당 삼아 가람처럼 옹기종기 배치돼 있었다. 매화는 보이지 않았다. 나는 공중에 높다랗게 매달린 희고 고운 매화 천지를 상상했다. 그가 가리킨 곳에 매화나무 한 그루가 겨우 있었다. 지붕 낮은 집들과 키를 맞추어 단아하게 있었다. 실망스러웠다. 눈치를 챘는지 고려 말 정당문학을 지낸 강회백이 심은 나무라고 그가 말했다. 벼슬을 따라 정당매라 부른다고 했다. 육백 년을 산 고매라고 했다. 기력이 쇠잔해 언제까지 꽃을 피울지 가늠할 수 없다고 했다. 말하는 그의 표정이 어두워 보였다. 나무에 검버섯 같은 이끼가 닥지닥지 달라붙어 오래된 유물을 들여다보는 듯했다. 꽃은 화려하지 않았고 창백한 병자의 얼굴 같았다. 애잔했다. 봄은 나무에게도 사람에게도 한 해를 살아냈음을 확인하는 생존증명서인 것인가.

그를 따라 농로를 한참 더 걸어 내려갔다. 들판 언덕배기에 거칠게 가지가 휘늘어진 우람한 매화나무 한 그루가 서 있었다. 들판에서 바람을 이겨낸 이름 없는 나무여서 '야매'라고 부른다고 했다. 기품 있고 정숙했다. 꽃나무 아래 들어서자 폐부가 절로 열렸다. 나무 아래에 매화 향기가 고여 있었다. 향기는 달빛에 눌려 발효되고 있었다. 달빛과 몸을 섞은 농축된 향기가 폐 속으로 유입됐다. 아찔하고 아득해서 허공이라도 붙잡고 서 있어야 했다. 왜 밤이어야 하는지 비로소 이유를 알게 되었다. 그 밤 나는 잠을 설쳤다. 살구 냄새 같은 것이 숨을 쉴 때마다 내 안에서 풀풀 새 나왔기 때문이다. 다음 날에는 시천면 사리에 있는 산천재로 갔다. 사백오십 년 전 남명 조식 선생이 손수 심어 향기를 즐겼다는 남명매를 만났다. 강철 같고 정결한 조선 선비의 성품이었다. 뼈에서 꽃을 피운 듯 고고했다. 눈에 담는 꽃이 있고 마음에 담는 꽃이 있다고 했다. 매화는 술과 같아서 취할 뿐 어디에도 담아둘 수 없다는 것을 그 봄에 알았다.

사람은 왜 걷는가. 폐 때문이다. 봄에 왜 떠나는가. 폐 때문이다. 꽃이 그리 쉬운가. 아니다. 마지막일지도 몰라 안간힘을 다해 피우는 것이다. 그대는 그대의 자리를 자신의 향기로 채워봤는가. 물들일 염료도 향유도 마련하지 못했다. 누추하다. 봄을 견디는 게 자랑인가. 서럽고 쓸쓸한 일이다. 가보지도 않고 매화를 봤다고 말할 수 있는가. 사기 치는 일이다. 당신은 왜 새봄에 다시 살아 있는가. 폐가 다리에게 명령하는 것을 듣기 위해서다.

"걸어라, 다리여! 뼈가 삭아 내리기 전에."

그 사람을 위해서라도

연상의 여자였다. 입대를 앞두고 이별했다. 그때 나의 현실이 녹록하지 않았다. 학업도 마쳐야 하고 군대도 다녀와야 하고 취업도 해야 하고 돈도 모아야 하고. 앞날을 생각하면 모든 게 암담했다. 변명에 지나지 않겠지만 나는 내가 가진 미래를 신임하지 않았고, 무엇보다 내게는 사랑을 지켜낼 용기도, 뜨거움도 모자랐다.

상병 계급장을 달고 휴가를 나갔다. 봄꽃은 분분히 흩어지고 새잎들이 하늘을 장악해 갈 무렵이었다. 밭에 나가 고구마 순을 심는 어머니를 도왔다. 내가 일하는 요량이 서툴게 보였던지 어머니가 내게 일렀다.

"고구마 줄기 서너 마디가 묻히도록 깊게 묻고 흙을 잘 덮어줘라. 뿌리를 내릴 때까지 줄기가 마르면 안 되니까."

고구마의 생명력은 경이롭다. 줄기를 잘라 심으면 뿌리를 내리고 거름을 주지 않아도 가을이면 땅속에 주렁주렁 구근을 품는다. 아무 데서나 쉽게 자라서 아낌을 받는 구황작물이 됐을 것이다.

"남향으로 누이게 심어라."

나는 어머니가 일러준 대로 고구마 순이 남향으로 눕게 비스듬히 묻었다. 그러다 문득 이게 어떤 농법이나 이치가 있어서 그러는가 싶어 어머니께 물어보았다.

"그렇게 하라고 어디 정해진 법이 있겠느냐. 그냥 내 마음이 그런 거지. 사람도 해가 비치는 쪽으로 집을 짓고 사는데 햇볕을 먹고 사는 식물은 더하지 않겠느냐."

아무것도 아닌 일에도 어머니는 그렇게 마음을 쓰셨다. 어머니는 화초를 유난히 좋아하셨다. 몇 뙈기 되지 않는 밭에는 콩이며 참깨며 고추며 토란이며 감자가 늘 풍성하게 자랐다. 그 많은 화초며 작물들이 어머니 손만 닿으면 왜 그토록 생기를 띠고 토실토실 열매를 맺는지 알 것 같았다.

"햇볕을 많이 받은 나무와 그늘진 나무가 다르지 않더냐. 나무도 사람하고 똑같은 거지. 작물이야 햇볕 가리는 나뭇가지를 쳐주면 되지만, 사람은 자기가 만든 그늘 때문에 응달지기도 하는 법이지."

나는 그때 멈칫, 들고 있던 호미를 놓쳤다. 자기가 만든 그늘이라는 어머니의 말이 내 명치를 찌르고 들어왔다. 아들 얼굴에서 수심을 읽었는지 어머니는 나무 그늘을 빗대 자식 걱정을 하고 있었던 것이다. 아직도 다스리지 못한 마음을 들킨 것 같아 나는 무안하고 민망했다.

"여태 못 잊은 게냐?"

어머니는 아들이 사랑했던 여자와의 지나간 일을 그렇게 물으셨다. 나는 아무 대답도 하지 못하고 묵묵히 황토밭에 고구마 순을 묻었다. 황토밭은 고구마를 달고 단단하게 키워낸다. 황토는 봄에 가장 선명하게 붉은빛을 드러낸다. 여름에는 초록이 덮고 가을에는 단풍이 덮고 겨울에는 눈이 덮는다. 제 빛깔을 드러내는 시기는 새잎과 잡풀들이 아직 황토의 붉음을 온전히 가리지 못하는 봄날이다. 어머니의 눈에는 아직도 겨울에 덮여 제 본연을 드러내지 못하는 자식이 안쓰럽고 애달팠을 것이다.

"억지로 잊으려고 애쓰지 마라. 잊어도 다 잊어지지 않는 일도 있더라. 몸 상해가며 아파하지도 말고. 아파하느라 힘들게

살면 그것이 어디 사랑한 보람이겠느냐. 네 몸을 살피고 정성
껏 살면 되는 거지. 그 사람을 위해서라도."

　나는 군대를 마치고 사회에 돌아와서도 한동안 그리워했
다. 직장을 얻고 결혼을 하고 아이를 낳고서도 한동안 그리워
했다. 미루나무 아래를 지나거나 고구마를 먹을 때도 그리워
했다. 나중에야 알게 되었다. 내가 그리워한 것이 그 여자도,
이루지 못한 사랑도 아니었다는 것을. 내가 그리워한 것은 습
관이 된 무형의 그리움이었다는 걸 한참 나중에야 알게 되었
다. 그 사람을 위해서가 아니라 나는 나를 위해 그리운 삶을
지속했다. 그렇게 그리움의 속성을 알아서 나는 백목련나무
나 동백나무의 교도가 되어 해마다 꽃 같은 그리움을 회개하
며 묵상한다.

너무 뒤늦은 물음

어머니는 마당 담벼락을 따라 깨진 기왓장으로 울타리를 치고 화단을 만들었다. 그 화단에서 과꽃과 맨드라미와 분꽃이 피었고, 채송화와 돌나물꽃이 땅바닥을 기며 피었다. 겨우내 얼어 죽지 않고 달리아와 수선화 알뿌리가 가장 먼저 싹을 내밀었고 원추리가 질세라 제비붓꽃 옆에서 노란 꽃을 피워 올렸다. 청색 양철 대문 옆에는 키 큰 장미가 담장 밖까지 고개를 내밀었고 나팔꽃과 여주가 빨랫줄을 타고 하늘을 날아다녔다.

어머니는 마루에 고요하게 앉아 그 꽃들의 재주와 기예를 즐겼다. 나비가 날아와 작약꽃에 앉고 벌들이 날아와 별꽃에 달라붙는 광경을 황홀한 듯 바라보며 환하게 웃었다. 나는 어머니가 만든 그 소란스러운 고요가 좋아서 스케치북과 물감을 꺼내와 자줏빛 열매를 주렁주렁 매단 가지를 그렸다. 내 수채화를 보고 어머니는 그러셨다.

"너는 가지나물도 좋아하고 보라색도 좋아해야."

그러면서 어머니는 내 그림을 여러 번 쓰다듬으셨다. 그런데, 그런데 나는 지금도 모른다. 어머니가 좋아하는 색깔이 무엇인지. 그것을 물어보지 못한 것이 후회된다. 어쩌면 내가 정작 어머니한테 물어봤어야 할 것은 무슨 색을 좋아하는가가 아니라, '엄마도 그림을 한번 그려볼래요?'가 아니었을까. 왜 지금에야 그때 묻지 못한 소중한 물음 하나가 떠오르는지 모르겠다. 만일 어머니가 그림을 그렸다면, 당신의 꽃밭에 있던 그 형형색색의 꽃들이 도화지 속에 들어왔다면, 나는 어머니에 대해 몰랐던 무수히 많은 사실들을 그때 알 수 있었을 것이다. 말로는 물을 수 없는 어머니의 내면을 조금은 알 수 있었을 것이다.

세상의 많은 아들은 어머니가 자식을 속속들이 아는 만큼의 만분의 일도 어머니에 대해 알지 못한다. 그것이 자식들이 살아가면서 흘리는 모든 눈물의 근원일 것이다.

여기다는 말에 대하여

어머니는 평소에 '여기다'라는 동사를 습관처럼 사용하셨다. "니 몸을 니 마음같이 여겨라."

어머니는 아들이 몸을 함부로 하지 않기를 바라셨다. 그런데 왜 하필 조변석개하는 '마음'같이 여기라고 하셨던 것일까. 당신은 아마도 마음은 언제나 한결같은 것으로, 한결같아야 하는 것으로 생각하며 사셨던 모양이다.

"니 여자를 따순 밥같이 여겨라."

나는 내 여자를 목숨처럼, 근본처럼 여기고 있는가. 나는 이 말을 떠올릴 때면 그저 먹먹하고 막막해진다. 밥의 귀함과 슬픔과 아픔을 다 알아버려서 먹먹하고, 밥에게 한없이 미안하고 죄스러워서 막막하다.

살아오면서 나는 '여기다'라는 말을 점점 잊었다. 나는 당신이 수없이 당부한 말들 속에서 '몸'이나 '여자'와 같은 몸말만 중요하게 여겼지 꼬리에 붙어 있는 '여기다'의 의미를 제대로 새겨본 적이 없다. 다 커서야 '여기다'의 말뜻을 알고 나는 가슴을 쳤다. '여기다'는 '마음속으로 그러하다고 생각하다'라는 의미를 담고 있다. 여기다의 옛말이 '너기다'이다. 너기다는 사랑이라는 말이 우리말로 쓰이기 전에 '사랑하다'라는 뜻으로 쓰였던 말이다. '사랑'이란 말도 한자어 '사량思量'에서 왔다고 한다. 누군가가 자꾸 생각나고, 그리워하는 양이 많아져서 고개가 무거워지면 그것이 사랑인 것이다. 어머니의 그 무수한 '여겨라'는 다름 아닌 아끼고 사랑하라는 말이었다.

당신은 내게 몸이든 마음이든 여자든 밥이든 내게 온 모든 것을 고맙게 받아들이고 아끼라고 가르치신 것이다. 여기는 마음, 여기는 사람이 있으라고 한 것이다. 아들은 오늘, 당신을 사무치게 여긴다.

생일 아침에 생각함

생일 아침이면 시골에 계신 어머니께 전화를 드렸다.

"엄마, 나 낳느라 고생 많으셨어요. 태어나게 해 줘서 고맙습니다. 잘 살게요."

아이들에게도 할머니께 인사하라고 전화기를 넘겼다.

"할머니, 감사해요. 우리 아빠 낳아주셔서요. 우리 아빠 오래 살 거니까 할머니도 건강하게 오래 사셔야 해요."

이 전화를 드릴 수 없게 된 지 몇 해가 됐다. 그래도 오늘은 내 생일이니까 전화기에 대고 어머니께 혼자 쫑알쫑알 세상의 일을 일러바쳤다. 당신 안 계신 동안 겪은 억울한 일과 아픈 일과 힘든 일들이 먼저 달려 나갔다. 좋았던 일과 아이들의 기특한 일과 아내 흉도 조금 봤다. 내가 새로 계획하고 있는 일에 대해서는 잘 되게 빌어달라고 청했다. 그러 마, 그러 마 하는 어머니의 대답이 없어서 서운했지만, 오랜만에 어머니에게 털어놓아서 그런지 마음이 후련해졌다.

문득 운명에 대해 생각한다. 인간을 둘러싼 길흉화복과 선악, 온갖 것이 초인간적인 힘에 의해 조종되고 지배된다고 믿는 섭리를 이르는 말이겠다. 운명의 한자어를 살펴보면 '운運' 자가 '옮긴다'는 뜻인데 자동차를 운전할 때도 이 '운' 자를 쓴다. 그래서 나는 운명을 운전이라고 생각한다. 세상의 길이 정해진 섭리대로 이미 닦여 있는 것일지 모르지만, 그 많은 길 중에 어떤 길로 갈 것인지 정하는 것이 인생이라고 생각해서다. 선택할 수 없는 게 운명이 아니라 선택해야 운명이 된다는 의미겠다.

그러나 선택할 수도 거역할 수도 없는 우주의 섭리가 하나 있다. 살라는 명령, 바로 '생명生命하라'이다. 생명이란 단어는 '세상에 온 모든 것은 오직 살아야 한다는 명령'이라는 의미를 담고 있다. 생일 아침이 되면 나는 묵묵해진다. 사는 길로 나는 가고 있는가. 사람을 살리는 길로 나는 가고 있는가. 뜻함과 선택이 아닌 요행과 망상에 기대어 살고 있지는 않은가. 태어난 걸 원망하며 어쩔 수 없이 겨우겨우 재미없게 버티고 있지는 않은가.

　나를 보살피며 정성껏 살아야겠다고 다짐한다. 어머니가 내게 내린 '살라!'는 명령을 순순하게 받는다. 어머니를 그리워하는 동안 나는 살아 있다. 오래 그리워하고 싶다.

봄날의 물음

스승은 초야에 묻혀 후학을 기르고 매화를 아꼈다. 스승은 마지못해 왕명을 받들어 궁궐로 떠났다. 왕은 집요하게 청했고, 스승은 더 버틸 수 없는 지경에 이르자 벼슬에 나가지 않기 위해 태산 같은 몸을 일으켜 왕에게 나아갔다. 제자는 그 많은 봄날의 물음들을 감당하며 홀로 남았다. 그사이 서원 앞마당의 고매古梅가 진통 끝에 매화 한 송이를 붉게 열었다. 하나가 열렸으니 이후의 일은 시나브로일 것이다.

제자는 스승이 왕명을 물리치기가 간단치 않을 것임을 짐작했다. 왕은 너무나 많은 문제로 고달픈 직책이어서 이 봄에 더욱 외로울 것이기 때문이었다. 왕의 문제는 왕의 물음에서 온 것이 아니라 권세가들의 끝없는 탐욕에서 온 것이고, 하늘과 백성은 답을 주는 존재가 아닌 까닭일 것이다. 스승은 어떻게든 왕을 대신해 답을 내놓아야 다치지 않고 돌아올 수 있을 것이다. 왕은 스스로 답을 구하는 현자가 아니고 스스로 생각하는 철인이 아니니 또 준엄함을 보이면 그뿐일 것이었다.

마른 버드나무 가지에 연둣빛 물이 차오르고 시절이 산천을 희롱하며 색에 취해 가는 무렵, 스승은 물러나기 위해 나아갔고, 제자는 봄날의 물음을 껴안고 씀바귀를 씹으며 홀로 남았다. 스승이 심어 가꾼 매화를 후세 사람들은 '남명매南冥梅'라고 부르며 그 춘설의 향기를 즐겼다.

순수의 시대

나는 스무 살 때 연상이 좋았다. 살다 보면 남에게 어깨를 빌려줘야 할 때가 있다. 혼자 비행기를 타고 가거나 기차 여행을 할 때 옆자리에 앉은 묘령의 여자가 기대어오면. 비록 알지 못하는 사이더라도 같은 시대의 고단한 삶을 건너는 동시대인으로서 기꺼이 어깨 한쪽을 내줄 수 있어야 하지 않을까.

기차 안에서 우리는 만났다. 그녀는 내 옆자리에 앉아서 책을 꺼내 들었다. 언뜻 표지를 훔쳐보니 하루키의 소설 《상실의 시대》였다. 나는 조심스럽게 그녀를 살폈다. 열댓 살쯤 연상으로 보였다. 지적이고 음전해 보였다. 블라우스 빛깔이 목련꽃 같다고 생각했다.

나는 마음의 준비를 했다. 비틀스의 노르웨이의 숲에 대해서, 나오코와 와타나베의 애잔하고 진지한 슬픔에 대해서 나는 그녀와 긴 대화를 나눌 준비가 돼 있었다. 그녀는 접어두었던 책 중간 부분을 펼쳐 읽기 시작했다. 나는 그녀가 말을 걸어올 때까지 조정권의 시집, 《산정묘지》를 읽기 시작했다. 시가 눈에 들어오지 않았다. 그녀의 맑은 손가락만 눈에 들어왔다. 한 십 분쯤 지났을까. 내 왼쪽 어깨 위로 흰 수국 꽃더미 같은 게 와락 쏟아졌다.

나는 숨을 참고 가만히 있었다. 잠깐 어깨를 내주고 그걸 핑계로 그녀와 하루키를 얘기하려고 했다. 그러려고 했는데 수국이 계속 무너져 내렸다. 나는 화장실에도 못 가고, 눈송이처럼 가벼웠던 것이 수박덩이처럼 점점 무겁게 짓눌러도 참았다. 종착역에 도착할 때까지 하루키 대신 어깨를 빌려줬다. 가볍게 코까지 골며 옅은 파운데이션을 내 와이셔츠에 묻히며 고단하게 잠든 동시대인을 위해, 한 이름 모를 연상의 여인을 위해.

나는 그 이후 옆자리에 앉은 사람이 가방에서 책을 꺼내거나 펼치면 잔뜩 긴장하고 경계한다. 흰 셔츠는 낯선 이의 흔적에 취약하다. 수국은 꽃밭에 있을 때 아름답다.

신은 풀벌레의 몸에 깃들어 운다

오늘의 날씨는 맑음입니다. 저 하얀 여백에 푸른 울음소리 같은 것을 쏟아부으면 적당히 시리고 청명하고 그리울 것 같습니다. 매미도 그렇게 생각했던 모양입니다. 투명한 창자를 열고 주름관악기를 꺼내 불어댑니다. 미움미움미움, 마음마음마음. 두 소절만 들어도 알겠습니다. 미루나무 잎들도 일제히 은종 소리를 냅니다. 세상이 얼마나 아팠으면 나뭇가지마다 젖은 마음을 내걸고, 또 그러는 스스로가 얼마나 아팠으면 저토록 파랗게 울어대겠는지요.

신은 가을에 옵니다. 벌레의 울음으로 인간에게 옵니다. 오염된 인간의 말이 아니라 풀벌레의 말로 당신의 뜻을 전하는 은유의 수법을 씁니다.

귀뚜라미는 소리소리소리 울지요. 가을에는 귀를 열고 자연의 소리를 들어보라고 다정다정 웁니다. 신의 말씀을 모아둔 장소가 가을입니다. 가을에는 온통 신의 음성으로 풀섶이 소란합니다. 여치는 쓸쓸쓸쓸쓸쓸 웁니다. 쓸쓸해져 보라고, 혼자가 되어보라고, 자신을 그리워해 보라고 다감다감 웁니다. 베짱이는 베짜베짜베짜 웁니다. 겨울을 준비하라는 뜻 같습니다. 단풍의 붉음과 달빛의 아늑함과 억새꽃의 포근함을 섞어서 열심히 옷감을 짭니다. 기타만 치고 놀다가 굶어 죽게 생겨서 개미를 찾아간다는 우화처럼 배짱을 부려볼까도 싶습니다. 그동안 너무 열심히 헛되게 살았으니까요.

당신의 가을에도 말씀이 있습니까? 당신은 어떤 마음의 무늬를 그릴 건가요? 당신은 어떤 은유의 말로 울 건가요?

시인에게 된장을 보내며

노루 무릎께까지 눈이 쌓였습니다. 여기는 북방이 가까워 공기에서 시베리아산 자작나무 냄새가 납니다. 임진강 넓은 도랑에는 얼음장으로 지붕을 인 절집이 들어서고, 어름치며 갈겨니, 동사리들이 정숙한 묵언 수행에 들었습니다. 겨울의 적요는 견디기 어렵습니다. 사람 냄새가 눈 냄새처럼 푸르러 철철 그리움이 끓습니다. 하릴없이 앞마당에 나가 된장독을 열었습니다. 당신이 이 저녁에 시래기된장국 같은 것을 궁금해할까 봐 한갓 된장 따위를 담아 보냅니다.

당신, 어떤 된장인지 묻지 마세요. 한갓 된장 따위에 별스런 사연이 있겠는지요. 기억을 되짚어 보면 된장독 안이 꽤 다채롭다 싶기는 합니다. 가파른 일교차 속에 여문 장단콩으로 메주를 빚었습니다. 섬진강 태생 매실이 머금었던 푸른 강 안

개를 토해냈을 것이고, 동해에서 뛰놀다 태백 덕장에서 북풍한설을 쐰 북어가 단단한 살을 풀어냈을 것이고, 서해 압해도 염전에서 정갈하게 몸을 말린 천일염의 햇볕 냄새도 스며들었을 테지요. 저 독 안에 든 그 많은 수고와 노동의 고단함에 비하면, 내가 보탠 일은 사소하기 그지없을 터입니다. 봄이 와서 밭이랑을 돋았고 콩 심느라 한나절 엎드려 호미질을 했고, 한여름 콩밭 매느라 며칠 풀독에 시달렸고, 가을 와서 베고 타작하고 티끌 골라낸 시간이 제 손길을 거쳐 갔을 따름입니다.

당신, 얼마나 묵은 된장인지 묻지 마세요. 그 사이 뒷산 진달래와 앞산 살구꽃이 세 번 피고 졌습니다. 부끄러운 살구향이 더 짙은 이듬해의 향에 덮여 환한 몸들을 섞었을 테지요. 당신, 된장 맛이 어떠냐고 묻지 마세요. 사시사철 저 햇살이 세 해 동안 장독에 공들여 연애질을 걸었을 테니 농익은 사연 좀 있지 않을까 짐작할 따름입니다. 항아리 배가 저리 둥그렇게 부른 걸 보면 구수한 무엇이라도 잉태하지 않았겠나 싶습니다.

처음 독을 열어 보내는 된장이라 나도 아직 그 맛의 풍미를 모르겠습니다. 어머니의 손맛을 그대로 물려받은 영민한 누님의 솜씨이니 그리 허술하지는 않을 것입니다. 그저 달게 잡수세요. 바라건대, 시인의 창자 속으로 들어간 그것이 오장육부를 따뜻하게 하고 영혼을 강건하게 했으면 좋겠습니다. 비겁해야 살아남는 세상이라 영혼의 순결을 팔아도 좋으나 시는 절대 굶기지 않기를 바랍니다. 이 혹한의 시절에 시의 체온마저 없다면 농투성이 같은 삶에 무슨 희망이 있겠는지요.

　당신의 시는 어디에서 옵니까. 한갓 저 된장 속에는 여름날 콩꽃이 연보랏빛으로 피어난 무렵, 콩잎에 앉아 사랑을 나누는 방아깨비의 푸르스름한 날갯짓 소리며 풀무치들의 청아한 연가가 콩꽃에도 콩꼬투리에도 여울져 들어가 태아처럼 숨쉬고 있을 것입니다. 그러니 어찌 사람의 창자 속으로 들어간 맑은 풀벌레 울음이 밥통을 울리며 시 같은 것으로 공명해 나오지 않겠는지요. 사람이 그리워 겨우 된장 따위를 당신에게 보냅니다.

화이트 크리스마스의 연원

고문헌에 의하면 산타는 원래 우편배달부였다고 한다. 가난한 사람들의 소원편지를 사슴 수레로 수거해 하늘나라에 배달하는 중간계 종족이었다고 전해진다. 문명이 발달하면서 물질은 점점 풍족해지는데 반대로 마음은 갈수록 가난해지는 바람에 산타는 과중한 배달업무에 시달리게 됐다고 한다.

성탄 무렵이 되면 소원편지 폭주가 절정에 달했는데 중간계 우정국에서 산타 우편배달부를 해마다 증원해도 역부족이었다고 한다. 접수된 크고 작은 소원들은 성탄 전날까지 하늘나라 소원처리부에 도착해야 했는데, 그 이유는 우는 아이들과 거짓말을 하는 아이들이 잘 알고 있다고 한다.

화이트 크리스마스의 연원에 대해서도 문헌에 밝혀진 바

가 있다. 유독 그날 눈이 내리는 이유는, 그게 그러니까 하늘이 미어터져서 그러는 거라고 한다. 소원을 급히 배달하다가 사슴 수레가 비탈에 나뒹굴거나 수레끼리 접촉사고를 내거나 하면 과적된 소원 가방에서 소원편지들이 한꺼번에 쏟아져 내리는데 그것이 눈이라는 학설이다.

즉 소원을 많이 빌면 빌수록 눈이 내릴 확률은 높아진다는 과학적 근거로도 볼 수 있다. 그런데 이와 관련해서 믿기 어려운 괴담도 떠돈다. 하늘나라 소원업무 취급부서에서 연말 업무량 폭주를 줄이려고 사슴교통국과 짜고 수레가 일부러 미끄러지도록 하늘 도로를 전부 크리스털로 포장했다는 음모설이 그것이다. 믿기 어렵지만 겨울 하늘이 유독 크리스털처럼 차고 맑은 건 사실이다.

어쨌든, 화이트 크리스마스를 인간계 사람들이 더 좋아하니까 하늘나라 그분도 흐뭇하게 여겨 가만 두고 보시는 것이리라. 하늘로 올려보낸 축원들이 공중에서 추돌해 사람들 머리 위로 벚꽃 날리듯이 쏟아져 내리는 모습이 그분 보시기에도 참 좋았던 것이다. 눈이 내리지 않는 크리스마스가 있다면 그것은 점점 소원 비는 것도 잊어버린 우리들의 풍요한 빈곤

때문이다. 그리워하고 소망하자. 눈 하나도 이유 없이 그냥
내리는 법은 없다.

미친 봄밤 1

나를 집까지 바래다준 여자가 있었다. 봄밤이었고 걷기에
좋았다. 라일락 향기가 담장 밖으로 흥건히 쏟아져 있어서,
얼떨결에 키스란 것을 당하게 되었다. 좋아하는 내 마음을 알
아챈 것인가. 그렇더라도 나는 고등학생이었고, 그녀는 실습
을 나온 교생이었다. 나는 립스틱 맛이 무슨 맛인지 분간을
못 하고 있는데 그녀는 얼굴이 발갛게 달아올라서는 나더러
괜찮냐고 물었다. 내가 이런 법이 어딨냐고 따질 기세로 흰반
바짝 다가서자 그녀가 움찔 눈을 감았다. 흰 비둘기 같은 목
련이 공중에서 낙하했다. 나는 보복 삼아 그녀에게 빼앗긴 내
입술을 다시 찾아왔다. 그녀가 내 가슴팍을 치면서 "너, 미쳤
어?" 하고 눈을 동그랗게 떴다. 정말 싫지는 않아 보였다. 나
도 질세라 대답했다. "누나가 더 미쳤잖아." 그녀가 눈만 깜박
거렸다. "너, 나더러 누나라고 했니?" "그럼 누나지. 선생님이

학생한테 막 아무렇게나 불을 지르고 그러겠어." 그녀가 휙 돌아서서 골목길을 뛰어가며 말했다. "어휴, 미쳤지, 미쳤어. 내가 저런 핏덩이를!" 나는 그녀 뒤통수에 대고 온 동네 라일락이 다 들도록 소리쳤다. "거봐, 내가 미친 게 아니잖아. 자기가 미쳐놓고는 나더러 미쳤다고 뒤집어씌우고 난리야. 또 키스하자고 덤벼봐. 그땐 정말 가만 안 둘 거야."

나는 알 수 없다. 왜 봄밤에는 착한 누나들이 저토록 담대한 용기를, 저토록 무서운 야망을 가지게 되는 걸까?

미친 봄밤 2

그해 여름, 나는 도서관에서 공부하다 그녀를 다시 조우한다. 집까지 바래다주겠다는 나의 호의를 순순히 받아들이는 그녀. 나는 자전거를 끌고 그녀와 나란히 걷게 된다.

"책은 읽었니?"

"아니, 둘 다 너무 어려워."

그녀는 그렇게 꽃다운 남자의 마음을 건드리고는 서울로 올라간 뒤 두 권의 책을 보내왔다. 하나는 비트겐슈타인의 논리철학논고, 하나는 성경전서.

"그럼 나중에 꼭 읽어봐."

"알겠어. 그럴게. 근데 그때 왜 그랬어?"

"뭘?"

"목련나무 밑에서 말야. 온 동네 라일락이 다 쳐다보고 있었는데."

"너, 아직도 그딴 걸 기억하고 있니?"

"누나 너무하는 거 아냐? 그게 얼마나 충격적인 사건인데, 그딴 거라니?"

"미안해. 그런 뜻이 아니야."

"뭐야, 이제 와서 미안하다고 말하면 다야?"

"정말 미안해. 그때 내가 그러려고 그런 게 아니었어. 미친 봄이 시켜서, 어쩔 수 없이, 나도 모르게 그런 거야. 절대로 내가 한 거 아니야."

야속했다. '그거 내가 한 거야'라고 말해 주길 바랐었다. 나의 자전거는 더 이상 나아가지 못하고 멈춰 선다. 능소화가 담장 밖으로 애처롭게 목을 빼고는 누군가를 하염없이 기다리는 골목길 끝에서 나의 걸음은 멈추게 된다. 나는 그때 나를 좋아하긴 한 거냐고 묻지 못했다. 봄이 시킨 일이라지 않은가. 그녀가 부인할 것이 두려웠다. 그날 나는 처음으로 외로움을 내 안에 받아들였다. 나는 묻고 싶었으나 묻지 않는 질문 하나를 그 여름밤의 골목길에 남겨두고 어른이 되었다.

그 많던 엄마의 말들은 어디 갔을까

나는 가끔씩 엄마에게 묻곤 했다. 당분이 떨어지면 초콜릿을 섭취하듯이 애정 확인이 필요할 때.

"엄마는 나를 키우면서 언제가 가장 좋았어요?"

나는 질문 하나를 했을 뿐인데 엄마의 말은 끝이 없었다. 이하 모두 엄마의 말들이다.

"징그럽게 요상한 걸 다 물어보고 난리다냐? 글 쓸 꺼리 떨어졌는갑다. 니는 여름 한 철 대비도 못 허고 산 것이냐. 그리 영특허지 못해서 어떻게 작가를 허고 밥 얻어묵고 살것냐. 니는 인기라는 거시 천년만년 가는 줄 알제? 언감생심, 나랏님이야 인기 떨어지면 경운기 부속 갈아 끼우듯이 아랫사람 갈아불면 되지만서두 글쟁이들은 할 수 있는 게 성실밖에 없는 것이니 불 안 꺼지게 제때제때 연탄불 갈아주는 수밖에 없는 것이여. 언제가 젤 행복했냐고? 썩을 놈, 헛소리하지 말라고 안 허드냐. 언제가 어덨겄냐. 자식 키우는 내내 행복한 것이지 좋을 때만 행복허고 궂을 때는 안 행복허면 그것이 부모것냐. 햇빛 나는 날만 날이고 비 오는 날은 날이 아니것냐. 나는 니가 밥 묵을 때도 똥 쌀 때도 받아쓰기 빵점일 때도 넘어져 혼자 일어났을 때도 다 행복했으야. 니는 안 그르냐?"

설날에 못 가겠다고 떠보는 때가 있었다.

"엄마, 죄송해요. 너무 바빠서 이번 설엔 못 내려가요."

그러면 어머니는 또 저수지 방류하듯이 전화에 대고 말씀하셨다. 이하 모두 엄마의 말들이다.

"뭐가 죄송하다냐? 나는 암시랑토 않은디 니 아부지가 조금 서운하겄지. 요즘 시상에 바쁜 게 제일이지. 몸 상하지 않게 니 몸 니가 애껴줘야 한다. 고향은 땅이 아니라 사람이라고 안 하드냐. 니 가슴팍 한가운데 떡 허니 그리운 사람이 들어앉아 있으면 그걸로 된 거지. 겨를 없고 고달프더라도 사람이 니 마음속에 살고 있으면 되는 것이여. 니 좋아하는 단밥이랑 김부각이랑 산적을 못 멕여서 어쩐다냐. 벼꽃 핀 논에 찰랑찰랑 물 들어가는 것처럼 니 입에 그것들이 환하게 들어가는 걸 봐야 내 속이 편할 텐디. 불쌍한 것, 낼모레 니 아부지 생신이니 그때 꼭 내려오거라. 막걸리 좋아하는 양반이니께 챙겨서 들고 오고. 철들라면 아직도 멀었지만 그래도 어쩌것냐, 니 아부진디. 철들면 철 좀 들었다고 유세떨고 다니면서 쇠고기나 사묵고 다니것지. 니는 어리석게 살지 말그라. 니는 임가지만 김가여. 니는 절대 임가 아니고 김가여. 알아들었제? 글고 안 내려와도 하나도 안 서운허니게 길바닥에다 헛 시간 쓰지 말그라. 책 맹그느라고 밥 때도 거름서 정신없이 살았을 텐디 니 몸 편허게 건사하는 것이 젤로 중한 일인게. 힘들게 내려올 생각은 당최 말그라. 알았제?"

나는 한껏 엄마의 걱정과 당부와 잔소리를 듣고 난 다음에 그제야 실토한다.

"엄마, 괜찮겠어? 정말 괜찮겠어? 나 안 내려가도 괜찮겠어? 짐 다 쌌고 엄마 마실 다닐 때 입을 때깔 고운 블라우스랑 아부지 구두랑 선물을 잔뜩 샀는데 오지 말라고? 참말로 오지 말라고?"

"고얀 놈! 싸게싸게 안 내려오고 누구 애간장 터져 죽는 꼴 볼라고 전화질 허고 난리여. 나 같으면 전화할 시간에 벌써 일찌감치 내려와부렀것다. 보고잡아 미쳐버리기 전에 한걸음에 안 내려오고 뭐 허고 있다냐. 조심혀서 얼른 와, 내 새끼."

그리움의 모서리

나는 시골에서 나고 자랐다. 도시에서 태어나지 않은 걸 행운으로 여긴다. 내가 좋아하는 우리말에 '철부지'가 있다. 또 '철들다', '철나다'는 표현도 있다. '철'은 옳고 그름을 판단하는 지혜로움과 정신적 성숙을 의미한다. 봄, 여름, 가을, 겨울, 일 년을 구분해 놓은 계절이라는 뜻도 있다. 그래서 '철들었다'고 하면 자연의 변화를 이해하고, 그 순리에 따를 줄 안다는 의미가 된다. 나는 시골의 자연 속에서 흙과 풀을 밟으며, 바람과 물과 달의 흐름과 세기를 온몸으로 느끼며 자랐다. 나무와 새와 꽃과 강아지와 벗하며 철부지 시절을 보냈다.

내가 어릴 때 살던 집은 계절들이 머물다 가는 정류장이었다. 마당가에는 키 큰 감나무가 한 그루 서 있었고, 그 아래 깊은 우물이 있었다. 담장 아래에는 어머니가 만든 자그마한 꽃밭이 있었다. 봄이 오면 여러해살이식물이 쑥쑥 꽃대를 올렸다. 여름이 되면 수국, 백합, 장미, 맨드라미, 나팔꽃이 피어났고, 가을이 되면 접시꽃, 달리아, 국화가 만발했다. 눈 덮인 겨울 끝자락에 복수초와 수선화가 가장 먼저 노란 꽃을 피워 꽃밭의 사계를 완성했다.

여느 시골집에서는 마당가에 텃밭을 만들고 부추나 상추나 고추 같은 손쉽게 길러 먹을 수 있는 채소류를 심는다. 살림이 넉넉하지 않고 식료품 가게도 가까이 없으니 텃밭은 삼시 세끼를 해결하는 데 여러모로 도움이 된다. 그런데 우리 집 뜰은 먹을 수 있는 푸성귀가 아닌 화초들로 가득했다. 어린 나는 어머니가 꽃을 무척 좋아해서 그런가 보다고 생각했다. 어느 날 돌아가신 어머니를 추억하다가 문득 깨달았다. 가난하고 팍팍한 삶 속에서도 어머니는 자신만의 세계 하나를 갖고 싶으셨구나. 먹고 사는 일이 우선인 시절에 그 꽃밭은 어머니가 마지막까지 놓고 싶지 않았던 자존심이나 그리움 같은 것이었을지도 모른다. 생각해 보면 그 꽃밭은 식구들로 북적이던 우리 집에서 유일하게 어머니를 위한 공간이었다. 그 꽃밭은 어머니의 고단하고 외로운 삶을 들어주고 어루만져 주던 말동무였던 셈이다. 그제야 예쁜 꽃들 앞에 넋을 잃고 서 있던 한 사람의 그리움이 보였다.

내 유년 시절을 속속들이 품고 있는 그 집을 추억하면 아늑한 행복감이 밀려든다. 햇살이 마루 안쪽 깊숙이 들이치던 집, 지붕 기왓장에서 빗방울이 토도독 톡톡 소리를 내며 내려와 마당에 일렬로 구멍을 뚫던 집, 노랗게 떨어진 감꽃으로 꽃목걸이를 만들어 누이의 목에 걸어주던 집, 엄마 몰래 연탄불에 달콤쌉싸름한 달고나 과자를 만들어 먹던 집, 골목에 저녁밥 짓는 냄새를 흘려보내 놀고 있던 형제들을 불러들이던 집, 나중에 커서 아빠가 될 천진한 아이가 짓궂은 장난을 일삼다 혼나던 집.

매년 계절이 돌아오지만 같은 계절이 아니라는 걸 알아차린 나는 그 집을 떠나 다른 세상에서 어른이 되었다. 다행히 나는 언제든 돌아갈 수 있는 추억의 집 한 채를 가슴 속에 가지고 있다. 그 집에는 여전히 사시사철 꽃을 갈아입는 엄마의 꽃밭이 있고, 아무것도 모르는 철부지 소년이 살고 있다. 외로움의 귀퉁이, 그리움의 모서리였을 꽃밭 앞에 하염없이 앉아 있는 엄마가 있다. 내가 다시 어린 시절로 돌아간다면 엄마의 어룽대는 등을 가만히 껴안아 주고 싶다. 너무 환하고 너무 고와서 눈물 나는 것들이 있다. 당신은 시 한 줄 모르고 사셨지만 내게 꽃으로 지은 시를 남기고 떠나셨다. 나는 늦게 알았다. 꽃이 밥은 아니지만 때로 누군가의 허기를 달래주기도 한다.

국방부의 비밀 임무

군대 얘기는 함부로 할 게 못 된다. 불쑥 아무 데서나 군대 얘기를 꺼내는 남자들이 있는데, 그거 눈치 없고 배려 없는 짓이다. 군대 졸업장이 없는 남자들에겐 몹시 아픈 콤플렉스고 아킬레스건이다. 나이 들어갈수록 인생에서 차지하는 추억의 비중이 커지는데 군대 시절의 추억이 없는 남자는 그 빈 페이지에 불어오는 황소바람을 감당하느라 쩔쩔매게 된다.

'군대를 다녀와야 사람이 된다'고 어른들은 이구동성으로 말한다. 이 말은 진리이고, 근거도 충분하다. 다녀온 자들이 스스로 그렇다고 말하고, 또 언뜻 그렇게 보이기도 하고, 또 그 말을 후대에 퍼뜨리기 때문이다. 그러니 졸업장도 없고, 사람도 되지 못한 채 살아가야 하는 자식을 바라봐야 하는 부모의 심정이 오죽하겠는가. 그래서 어떻게든 제 자식을 입대

시키려는 권세가들의 불법과 위계가 횡행하는 것이다. 국무총리를 지낸 한 의원이 대표적인 사례다. 아들이 질병으로 입대 불가 판정을 받았을 때, 그는 하늘이 무너지는 줄 알았을 것이다. 부모 찬스를 써서 아들을 보충역으로라도 받아달라고 병무청에 탄원서를 보냈으나 보기 좋게 거절당했다는 일화는 유명하다. 무릎 상태가 안 좋은 아들을 기어이 군대에 보내 병가를 내 치료하다가 구설수에 오른 장관도 있다. 아무리 힘 센 권력을 써도 군대는 아무나 받아주는 곳이 아니다.

나는 지금껏 한 번도 국방부로부터 부여받은 비밀 임무를 누설해 본 적이 없다. 군대를 다녀왔는데도 불구하고 자신의 보직이나 수훈에 대해 함구하고 있는 남자가 있다면, 그도 나처럼 국방부의 비밀 병기였을 가능성이 높다. 이런 요원들은 일생이 외롭다. 그런데 요즘 부쩍 군대를 배경으로 하는 드라마들이 히트를 친다. 송중기가 나온 〈태양의 후예〉나, 현빈이 나온 〈사랑의 불시착〉을 보면 군대를 얼마나 미화해 놨는지 민간인들이 진짜라고 믿을까 봐 겁이 난다. 군대는 그렇게 낭만적인 곳이 아니다. 군대의 진짜 모습을 잘 모르는 것 같아서 근 삼십 년 동안 감춰두었던 나의 기밀 일부를 여기에 해제하려고 한다.

군인들이 전쟁에서 승리하기 위해서는 두 가지가 있어야 한다. 하나는 군기이고, 다른 하나는 사기다. 군기가 서 있고 사기가 충천한 군대는 일당백의 전투력을 발휘한다. 나는 최전방 부대에서 병사들의 사기를 관리하는 임무를 수행했다. 막중한 임무라 구체적으로 밝히긴 뭣하지만, 선임병들의 연애편지 대필 사역이 그것이다. 과로사할 뻔했을 만큼 정신적으로 피폐하고 육체적으로 고된 임무였다. 여인의 마음을 움직여 답장을 보내오게 만드는 일은 최정예 특수요원이 아니면 완수하기 어려운 임무다. 당시 내가 수행했던 작전 문서 일부분을 여기 공개한다.

　그리운 영희 씨, 연병장 모퉁이에 즐비하게 서 있는 은행나무 편대가 노란 잎들을 산개하고 있습니다. 작전명 '눈부신 가을'입니다. 북에서 남으로 빠르게 침투해 들어오는 저 붉은 삐라 같은 단풍을 나는 혼자서 사수하고 있습니다. 영희 씨가 희망이라는 지원군을 보내오지 않는다면 내 청춘의 진지는 더 이상 버티지 못하고 함락될 것입니다. 나의 그리움은 장렬하게 산화할 것입니다. 이것은 나만의 전쟁이 아닙니다. 영희 씨의 전투이기도 합니다. 당신에게 구원의 타전을 보냅니다.

편지를 보내고 나면 그녀들은 최면에 걸린 듯 면회를 왔다. 단풍처럼 울긋불긋한 원피스를 입고 하늘하늘 와서 내가 아니라 선임병의 팔짱을 끼고, 작전명 '눈부신 가을'의 임무를 완수하러 보무도 당당하게 외출을 나가곤 했던 것이었던 것이었다.

그러던 어느 날 제대일이 몇 달 남지 않은 병장이 내게 한 여자의 사진과 주소를 내밀었다. 그는 이등병인 나를 PX로 데리고 가 크림빵과 바나나 우유를 한가득 사줬다. 나는 입으로는 크림빵을 야무지게 욱여넣고 귀로는 그의 슬픈 사연을 흘리며 들었다. 그는 눈물을 보이기까지 했다. 대체 어떤 여자이기에 대한민국 육군 병장의 눈에서 눈물을 뽑아낸단 말인가. 그는 공고를 졸업하고 자동차정비학과를 다니다 입대했다고 했다. 그의 꿈은 자동차 정비 공장을 차려 어엿한 사장이 되는 거라고 했다. 그는 꿈 이야기를 꺼내고는 신이 났는지 전문용어를 써가며 자동차에 대해 떠들어댔다. 가만두면 2박 3일도 모자랄 것 같아 자동차 말고 애인 얘기를 해보라고 했다. 그는 다시 침울해져서 입대하기 전에 헤어진 애인 얘기를 풀어놓기 시작했다. 결혼하고 싶었던 그녀는 작별을 고하면서, 매일 기름투성이 옷을 어떻게 빨아야 할지 자신이 없다고 말했다고 한다. 그는 그녀를 붙들지 못했고 기다려 달라고 말할 용기도 염치도 없었다고 한다. 그녀를 정말 사랑해서, 고생을 시킬 게 너무 마음 아파서 붙잡을 수가 없었다고 했다. 나는 사력을 다해 그녀가 면회를 오게 만들겠다고 국기에 대고 맹세했다. 기필코 그녀가 병장의 품으로 귀순하게 만들겠다고 전투 의지를 불태웠다.

사랑하는 은혜에게

은혜야, 잘 지내니? 나는 건강하게 잘 지내고 있어. 오랜만이구나. 여기 와서도 한시도 너를 잊은 적이 없다. 내내 참다가 보고 싶어서 편지를 보낸다.

자동차는 2만 5,000개의 부품으로 이루어져 있어. 나는 나사 하나, 고무 패킹 하나, 핀 하나하나의 이름과 쓰임새를 낱낱이 알고 있어. 너도 알다시피 나는 자동차를 무척 좋아하니까. 그런데 내가 여기 와서 생각해 보니 너에 대해서 모르는 게 너무나 많더구나. 내가 사랑한 유일한 사람이 너였는데, 내가 너에 대해서 아는 게 아무것도 없었다는 생각이 들어서 미안하고 가슴 아팠다. 네 몸 안에 몇 개의 아름다운 뼈가 있는지, 네 피부 안의 핏줄들이 어디로 연결 돼 있는지, 네 심장이 얼마나 빨리 뛰는지도 나는 알지 못한다. 자동차 내부에 대해서는 속속들이 알면서도 네 마음에 대해서는 하나도 모르고 있더구나. 그래서 내가 너를 사랑한다는 말이 거짓말이었는지도 모른다는 반성이 들었어. 미안하다. 철이 없어서, 진짜 좋아한다는 게 뭔지도 몰라서 미안하다. 내가 너를 제대로 사랑해 주지 못했다는 걸 여기 와서야 비로소 알게 되었다. 미안할수록 네가 더 그리워졌다. 행군을 하면서도, 화생방 훈련을 하면서도, 불침번을 서면서도, 군화를 닦으면서도 한시도 널 그리워하지 않은 적이 없다.

은혜야, 기름 범벅이 된 옷을 어떻게 너에게 빨라고 하겠니. 그런 일은 없을 거야. 네가 찬물로 얼굴을 씻는 일도 없을 거야. 내 심장의 라디에이터는 항상 뜨거운 온수를 너에게 흘려보낼 테니까. 너는 네가 가고 싶은 곳만 정해 두면 돼. 내가 수리하고 정비한 차들이 고장 없이 안전하게 너를 그곳에 데려다줄 거니까. 나는 비록 정비사지만 나중에 내아이가 태어나면 그 녀석은 차를 설계하고 만드는 공학자가 될지도 몰라. 네가 그 아이의 엄마가 돼 줬으면 좋겠다.

욕심이겠지만 다시 시작하고 싶다. 사랑한다, 미안하다. 은혜야.

나는 병장에게 편지를 건네줬다. 병장은 상기된 표정으로 편지를 읽기 시작하더니 차츰차츰 흐려져 이내 편지지 위에 투두둑 눈물을 떨어뜨렸다. 고맙다고 나를 꼭 껴안아 주고 돌아서 나가는 그에게 나는 당부의 말을 던졌다.

"그대로 보내면 안 되지 말입니다. 병장님이 쓴 것처럼 위장을 잘해서 보내야지 말입니다. 죽죽 틀린 자국도 남게, 너무 깔끔하게 베끼면 안 되지 말입니다."

보름쯤 지났을까. 병장이 무언가를 손에 들고 내게 황급히 뛰어왔다. 몹시 흥분된 듯 떨리는 병장의 손에는 그녀에게서 온 답장이 들려 있었다. 병장은 뜯어볼 자신이 없는지 내게 열어보라고 편지를 건네주었다. 편지를 받아든 순간 나도 모르게 숨이 턱, 멎었다. 수없이 많은 비밀 임무를 수행한 베테랑임에도 불구하고 긴장되고 졸아드는 걸 어쩔 수 없었다. 한 병사가 이 얇고 가벼운 한 통의 편지를 받기 위해 27개월이란 시간을 낮은 포복으로 기고 구르며 버텨낸 것이다. M16 소총을 가슴에 붙이고 쭉 뻗은 개구리 자세로 누워 가시철조망 아래를 버둥거리며 헤쳐 나갈 때, 무거운 철모 위로 햇살이 수직으로 내리꽂히고 뿌연 황토 먼지가 거친 숨을 따라 폐부 깊숙이 몰려 들어갈 때, 땅바닥에 쓸려 떨어져나간 군복 앞단추가 저만치 피어 있는 노란 민들레에게 또르르 굴러갈 때, 그가 지켜낸 것은 조국도 군의 명예도 자기 자신도 아니었던 것이다. 오직 한 여자에 대한 철통같은 일편단심이었다.

꽃무늬 편지지에는 여자의 후회가 잔잔하게 물결치고 있었다. 그렇게 매정하게 보내서 마음 아팠다고, 사내아이들은 자동차를 좋아하니까 아마도 아빠를 많이 좋아할 거라고도 쓰여 있었다. 괜찮다면 면회를 가고 싶다고 그녀의 편지는 마지막 말을 맺고 있었다.

얼마 후 약속대로 그녀가 면회를 왔다. 병장은 제대할 때 입으려고 고이 모셔둔 빳빳한 새 군복을 차려입었다. 나는 그의 군화를 최고로 광나게 닦아주었다. 나는 몇 걸음 두고 병장의 뒤를 따라 면회소로 갔다. 병장이 자랑했던 대로 눈부시게 예쁜 한 여자가 앉아 있었다. 은혜 씨는 단아하고 성숙해 보였다. 병장을 보자 그녀가 천천히 일어섰고, 나의 눈은 순간 얼어붙었다. 그녀의 아랫배가 짐작 갈 만큼 불러 있었다. 그녀는 병장 앞에서 희게 웃으며, 미안한 표정을 지으며 가끔씩 무의식적으로 배를 쓰다듬었다. 그날 병장은 외출하지 않았다.

　3대대 위병소를 지나 줄지어 선 은사시나무 아래로, 은사시 잎들이 이별의 손짓을 해대는 비포장 길을 따라 그녀는 총총히 점멸해 갔다. 그것이 내가 기억하는 이등병 시절, 나의 마지막 비밀 임무의 에필로그다. 나는 낙엽이 물들기 전에 일병으로 진급했고, 말이 없어진 병장은 내게 크림빵이 가득 든 비닐봉지를 내밀고 부대를 떠났다. 나는 그 후 다른 국방부의 임무로 바빴다.

　나는 생각한다. 청춘이 앓는 모든 사랑의 열화는 은사시나무 잎을 흔드는 천 개의 바람과 같다고. 어느 잎이 먼저 흔들려 다른 잎을 흔들었는지 나무조차도 모른다. 오로지 불고 지나간 바람만이 안다. 나중에는 그 바람조차도 그 일을 모르게 된다. 잎이 바람을 흔들었는지, 나무가 바람을 일으켰는지. 바람은 천 개나 불고 또 바람은 불고, 청춘의 기억들은 청춘과 함께 가뭇없이 산화한다. 소개령이 없어도 사랑은 흩어지고, 그 자리에 그리움의 공습이 시작된다.

사소해 보일지라도

왜 그리도 빨리 밤은 깊어지던지. 사랑하는 사람을 어쩔 수 없이 집에 들여보내야 했던 시절, 나는 헤어질 때 말했다. 집에 도착하면 전화해. 그녀의 전화를 받고 나서야 나는 안심하고 편히 잠이 들 수 있었다.

도착하면 문자 해. 아이가 다녀갈 때 배웅하면서 나도 모르게 이 말을 하고 있더라. 사랑하는 사람에게 했던 그 오래된 말을 아이에게 하고 있더라.

도착하면 문자 해. 네가 안전해질 때까지 나는 안전하지 못하다는 뜻이겠다. 도착하면 문자 해. 마음을 놓지 않고 있는 나를 너도 돌아봐 달라는 뜻이겠다. 도착하면 문자 해. 네가 돌아갔어도 너는 혼자가 아니고 나와 단단히 함께 연결돼 있다는 뜻이겠다.

　도착하면 문자 하라는 말은 그러니까, 내가 너를 얼마나 아끼고 좋아하고 그리워하는지를 한 문장 안에 다 몰아넣은 말이겠다. 잘 도착했다는 너의 답문자는 그러니까, 너 또한 나를 걱정하고 사랑하고 있다는 확인이겠다.

　서로를 지켜주겠다는 사소한 습관, 언제나 너와 같이 있겠다는 사랑의 은어, 도착하면 문자 해.

그 사람이 보내온 엽서

어떤 단어들은 발음이 혼동될 때가 있다. 사람과 사랑이 그렇다. 주로 가을에 나타나는 현상인데 마음이 건조해지거나 일조량이 부족해지면 흔히 발생한다. 라디오에서 흘러나오는 노래가 마침 '사랑, 그 쓸쓸함에 대하여'라는 곡이었다. 가사에 '사람을 사랑한다는 그 일'이라는 부분이 있는데 내 귀에는 '사랑을 사람한다'로 들렸다. '사람, 그 쓸쓸함에 대하여'로 바꿔도 크게 문제가 되지 않는 계절이 있다.

사랑을 사람으로 바꾸니 그 사람 생각이 난다. 스스럼없이 오래 편하게 지내기에는 살갑고 다감한 사람보다는 무심하고 은근한 사람이 좋다. 그 사람이 그런 타입이다. 그를 처음 만났을 때 정이 많은 사람이라기보다는 그리움이 많은 사람일 거라고 나는 생각했다. 바꿔 말하면 이런 타입은 타인과의 관계보다 자기와의 관계에 치중한다. 그리움도 외부로 향하지 않고 자기 자신에게 향한다. 그래서 외롭다기보다는 고독과 잘 어울리는 사람이라는 인상을 받는다. 서로 마주 보고 대화하면 재미없지만 편지를 주고받으면 그렇게 은은할 수가 없다.

어제 나는 그 사람에게서 엽서 한 장을 받았다. 엽서에는 자신의 초상화가 단 한 가지 색으로 그려져 있었다. 오라는 뜻이다. 나도 당신이 보고 싶다는 말을 저렇게 무심하게 표현하는 것이다. 우스운 건 그 사람이 나에게만 엽서를 보내는 게 아니라 자신이 알고 지내는 모든 사람에게 다 보낸다는 것. 이 정도면 병이다. 그 사람 이름은 '붉음'이다. 격리된 단풍이 홀로 깊어지고 있다. 사랑은 쓸쓸하고, 사람이 그리운 사람들은 붉음 쪽으로 하릴없이 기운다.

3부

아픈 존재

기이한 이야기

지금 내가 하려는 이야기의 반은 사실이고 반은 지어낸 거짓말이다. 그래서 이 얘기를 사실이라고 믿어도 좋고 거짓말이라고 생각해도 좋다. 대강만 놓고 보자면, 월급쟁이인 한 남자가 비 오는 날 회사에 연가를 낸 이야기다. 이러면 이야깃거리가 안 되는데, 비 오는 날마다 회사에 나가지 않았다고 하면 이야기가 된다. 회사에 나왔다가도 비가 내리면 여지없이 조퇴를 했다면 기이한 이야기가 된다. 자, 그럼 수상쩍은 이야기를 시작한다.

'비가 오면 회사에 나가지 않는다'는 자신만의 원칙을 만든 사람이 있었다. 실제로 그는 비현실적인 원칙을 지켰고, 그의 구두는 빗방울에 젖지 않았다. 그러자 회사 사람들이 뒤에서 수군대기 시작했다. 어떻게 사람으로 태어나 한평생 젖지 않고 살아가길 원하느냐고. 속사정을 모르면서 사람들은 그를 정신이상자로 분류하고 기피했다. 책임감도 없고 반사회적인 인격을 가지고 있다고 혐오했다. 맑은 날에도 무성한 억측과 날조가 그를 따라다녔다.

어느 흐린 날 총무과장이 그를 호출했다. 당신의 휴가 사용이 너무 잦다. 다른 사람들은 눈보라가 치고 태풍이 불어도 출근한다. 비 때문에 회사를 못 나온다는 게 말이 되느냐? 비를 맞으면 죽는 병이라도 걸린 것이냐? 물끄러미 창밖을 바라보고 있던 그가 낮은 목소리로 대답했다. 곧 비가 올 것 같은데요. 조퇴를 좀…… 총무과장이 책상을 꽝 내리치며 언성을 높였다. 모두 당신을 사이코라고 한다. 더 이상 봐주지 않겠다. 또 비가 오는 날 결근하면 그때는 마지막인 줄 알아라.

사내에 금세 소문이 퍼졌다. 이제 비가 내리면 비인간은 끝이라고. 빨리 비가 내리기를 바라는 사람들이 그 회사에 다녔다. 그러나 한동안 비가 내리지 않았다. 시계를 들여다보듯 그들은 초조하게 일기예보를 들여다봤다. 이윽고 가을이 왔고, 날씨는 맑고 건조했다. 회사에 인생을 저당 잡힌 사람들은 영혼을 빨랫줄에 내다 걸고 온종일 가을볕에 말렸다.

그 볕 좋은 가을날에 그의 첫 시집,《비는 수직으로 낙하하지 않는다》가 세상에 나왔다. 그의 시집은 평론가들로부터 극찬을 받았다. 한국 시단에 내린 벼락같은 축복! 기계문명에서 추방된 로맨티시즘의 귀환! 인간 내면의 우수를 묘파한 탁월한 시선! 말끝마다 느낌표가 찍힌, 전혀 시적이지 않은 관념의 성찬에 시 쓰기의 고달픔도 비의 상처도 누락돼 있어서 그는 기쁘지 않았다. 그가 오로지 기뻐한 일은 총무과장이 사인을 해달라며 수줍게 그의 시집을 내민 일이었다.

나는 회사에 다니며 사치스럽게도 시를 썼다. 그래서 외딴섬 같은 존재였고 별종 취급을 받았다. 그래도 무사히 회사에 다녔고, 승진에서 누락되지 않았고, 적금도 꼬박꼬박 부었다. 물론 비가 오면 휴가를 냈고, 흐린 날은 조퇴를 일삼기도 했다. 직장 동료들은 친절했고, 나를 배려했다. 비와 동료들 덕분에 나는 문예지에 시를 출품해 등단했다. 여기까지는 사실이다. 나머지는 내가 상상으로 덧붙이고 비틀어서 꾸민 이야기이다. 일어났어도 그리 이상할 이야기는 아니라서 비난하기에는 무리가 있을 것이다. 그래서 소설가들은 '허구'라는 그럴싸한 말로 진짜 거짓말과 가짜 거짓말을 구분해 둔다. 따지고보면 세상에 일어날 만한 일과 일어날 수 없는 일이 정해진

건 없다. 어떤 일이든 일어날 수 있고, 아직 일어나지 않은 일이 있을 뿐이다. 그러니 믿기 바란다.

사실 내가 하고 싶었던 이야기의 요지는 이것이다. 비가 오는 날이면 나는 시를 썼다. 물론 아는 사람은 없다. 구두가 젖을까 봐서가 아니라 비를 너무나 좋아해서 나는 회사에 나가지 않았다. 아무도 물어보는 사람이 없어서 이유를 말하지 않았을 뿐이다. 비가 오지 않았으므로 나는 회사에 나가 묵묵히 일했고, 비가 내렸으므로 회사에 나가지 않았다. 나의 기준은 맑은 날이 아니었고, 그 관점이 남들과 달랐을 뿐이다. 누구나 그렇듯이 나도 무언가를 열렬히 사랑했다. 그 사랑의 대상이 단지 비였을 뿐이다. 우습지 않은가. 그렇게 무언가를, 자신만의 내밀한 무언가를 사랑하는 일이 비난의 대상이 된다는 사실이. 세상에는 이런 어처구니없는 일들이 얼마나 많은가. 잘 알지도 못하면서 왜 그리 혐오하고 차별을 가하는가. 자신의 불완전함은 인정하지 않으면서 타인에 대해서는 얼마나 쉽게 완벽과 윤리와 책임을 들이대는가.

살인이 꼭 의도해서만 일어나지는 않는다. 의외로 우발적이다. 나는 비를 좋아하고 비 맞는 걸 좋아하지만, 비에 관해 안 좋은 추억이 있는 누군가가 아무 생각 없이 "그 비에 맞아 죽어버렸으면 좋겠어"라고 한 마디 내뱉는 순간, 그 악담에 동조하고 재미를 느끼는 사람이 생겨난다. 그들은 악마가 아니지만 동질감을 느끼고 싶어서, 관심을 끌고 싶어서, 단지 심심해서 악마의 편을 드는 것이다. 그러면 나는 이제 빗방울 하나도 조심하고 경계하며 걷게 된다. 언제 빗방울이 살해 무기로 변할지 모르니까. 비를 좋아하는 것도 정당하고 비를 싫어하는 것도 정당하다. 그 정당한 일들을 두고 왜 한쪽에서는 조롱하고 한쪽에서는 목숨의 위협을 느껴야 하는가. 왜 감정과 취향과 생각이 다르다는 이유만으로 배척하고 틀렸다고 몰아세우는가. 비도 옳고 비가 아닌 것도 옳고 내 감정도 옳고 당신의 취향도 옳다. 옳은 것들이 왜 비난받아야 하는가.

마음 놓고 좋아할 수도 없는 비, 슬픈 비가 내린다. 그 슬픔이라도 저 마음대로 내렸으면 좋겠다. 옳으니 그르니 따지지 말고 그냥 슬퍼하게 뒀으면 좋겠다. 제발 비의 자유를 부탁한다.

일기장 검사

중학생이 되고 맞은 첫 여름방학. 과제 중에 '잔디 씨 모아 오기'가 있었고, '풍경화 그리기'가 있었고, '일기 쓰기'도 있었다. 그 유치한 숙제들을 다 하고도 방학이 너무 길었다. 너무 지루한 나머지 누나의 책꽂이에 있던 셰익스피어의 4대 비극을 통째로 읽어버렸다. 나는 그게 4대째 내려오는 가문의 비극인 줄 알았는데, 〈햄릿〉, 〈리어왕〉, 〈맥베스〉, 〈오셀로〉 이 네 편의 희곡을 4대 비극이라고 일컫고 있었다. 뭔가 속았다는 기분이 들었는데, 읽으면서 나는 경이로움을 감추지 못했다. 지금까지 내가 그 어디서도 보지 못했던, 교과서와는 완전히 다른 우아한 문체로 지어진 글이 있다는 게 너무나 신기했다. 나도 시를 써야겠다는 생각을 그때 처음 어렴풋하게 했던 것 같다.

아무튼, 셰익스피어를 붙들고 살았던 방학이 끝나고 나는 과제물을 제출했다. 대학노트에 쓴 일기장도 국어 선생님께 제출했는데 며칠 뒤 '검' 자가 찍힌 일기장들이 각자 주인에게 돌려졌다. 그런데 내 일기장은 돌아오지 않아서 의아했다. 오후에 국어 선생님이 나를 교무실로 불렀다. 중년 여성이었는데 잘 웃거나 아이들을 살갑게 대하는 편은 아니었다.

"네 일기장을 잘 봤다. 네가 제법 글을 쓰는구나."

그 말이 내가 태어나서 글짓기로 들은 첫 칭찬이었다. 나는 살짝 흥분됐다.

"그런데 왜 네 일기장에는 그날 한 일은 없고, 온통 상상한 것밖에 없니?"

나는 선생님의 질문에 적이 당황했다. 중학생 일기는 초등학생 일기와 달라야 한다는 생각이 들었고, 또 매일 반복되는 생활을 기록한다는 게 무슨 의미가 있을까 싶어서 나는 일기장에 소위 문학적인 어떤 짓을 의도치 않게 한 셈이었다.

"어? 그건 몰랐는데요. 근데 일기장에 그날 있었던 일만 써야 하는 건 아니잖아요?"

"그렇긴 하지. 일기장은 네 마음대로 쓰는 거니까. 그래도 넌 너무 생각이 많은 것 같다."

"저는 상상하는 게 좋아요. 없는 것을 가질 수도 있고, 먼

곳으로 갈 수도 있고요. 여긴 너무 답답해요."

듣고 있던 선생님이 살짝 미소를 지었다.

"넌 커서 뭐가 되고 싶니?"

어렸을 때는 남들처럼 대통령을 꿈꿨으나 여름방학 때부터 시인으로 바꿨다는 말을 하고 싶었다.

"생각한 대로, 마음대로 사는 어른이요."

"넌 지금도 그렇게 살고 있잖니?"

"친구랑 축구도 해야 하고 집에서는 농사일도 도와야 하고 영어단어도 외워야 하고 할 일이 너무 많아서 마음대로 생각할 시간이 별로 없어요."

천진난만한 내 대답이 어이없었는지 선생님이 피식 웃으셨다.

"태주야, 그래도 지금 생각을 많이 해라. 어른이 되면, 어른이 되면 말이야…… 으음, 관두자."

선생님은 하려던 말을 끊고 내게 일기장을 돌려주며 말했다.

"일기를 부지런히 쓰렴. 일기를 쓸 때만이라도 넌 자유로울 테니까."

나는 그때 선생님이 하는 말뜻을 온전히 이해하지 못했다. 가보지 않은 어른의 세계를 내가 알 수는 없었다.

그렇게 나는 어른을 꿈꿨고, 다행히 어른이 되었다. 일기는 쓰지 않고, 자유는 모자라고, 상상으로 들어가는 입구는 찾지 못하고, 돈 버는 생각만 하는 그런 어른. 그래서 생각을 많이 할수록 현실에만 머물고, 소유를 무엇보다 소중하게 여기는 어른. 분명 누군가가 내 상상을 훔쳐간 것 같은데 범인을 모르겠다. 그래서 나는 빨리 돈을 벌어서 변호사를 사야겠다는 생각을 한다. 그냥 간과할 일이 아니다. 나는 심각하게 잘 못돼 가고 있다.

우리 동네 식료품 가게 할아버지

1

우리 동네에 배추, 사과, 우유, 계란, 통조림 따위를 파는 식료품 가게가 있다. 나이 지긋한 노부부가 운영하는데 나는 오래된 단골이라서 허물없이, 버릇없이 지내는 사이다. 메로나를 꺼내 쪽쪽 빨아먹으며 심심해서 할아버지에게 물었다.

"이 중에서 뭐가 가장 많이 남아요?"

할아버지가 웃으며 말했다.

"늙은이의 시간이지."

역시 할아버지는 한 치도 예상을 빗나가는 법이 없다. 재야의 고수다. 나는 후르츠칵테일 통조림을 하나 샀다. 평소에 사지 않는 걸 왜 사느냐고 묻는다.

"깡통 안에 총천연색 행복이 들어 있을 것 같아서요."

2

"저 브로콜리의 기분은 어떨까요?"

박스에 담긴 브로콜리가 파릇하니 싱싱해 보여서 할아버지에게 물어보았다.

"그때그때 다르지 않겠어?"

괜히 물어봤다 싶어서 샴페인이나 한 병 달라고 했다. 할아버지가 오늘 무슨 좋은 날이냐고 묻는다.

"개봉할 때 행복한 기분이 '팡!' 터지는 소리가 나잖아요. 기분 전환할 때는 샴페인이 제격이죠."

"젊었을 때 많이 터트리시게. 늙으면 기분 따라 살기도 힘드니까."

"꼭 좋아서 웃나요. 웃으니까 좋아지는 거죠. 로봇도 만드는데 기분도 인공심장처럼 만들어 끼워야죠."

그렇게 말해 놓고 나는 조금 우울해졌다.

"그래도 할머니는 자연미인이시죠?"

할아버지가 브로콜리처럼 몽글몽글 푸릇하게 웃는다.

3

"오늘은 뭐가 신선해요?"

할아버지가 능치며 받는다.

"나랑 통조림 빼고 다 신선하지."

"우웩, 저번에 괜히 과일통조림 사 먹었네요."

그도 나도 함께 웃었다.

"그러게 제철 과일을 사 먹지 그러나."

"요즘 제철이 어디 있어요? 겨울에도 딸기랑 수박이 나오는 판인데."

"허긴 그렇지. 철을 모르고 사는 게 어디 과일뿐이겠나?"

진열된 과일에서 열대우림 냄새가 났다. 내 몸에서인가? 큼큼거리며 집으로 돌아왔다. 나더러 철을 모른다고 말한 건 설마 아니겠지 생각하면서.

4

모처럼 가게에 갔다. 요즘 장사는 어떠냐고 인사 겸 물었다.

"갈수록 태산이지. 산을 옮길 수는 없는 법이니."

할아버지는 혼잣말하듯 읊조린다. 막강한 자본을 앞세운 대형마트의 위세에 동네시장도 가게들도 생사를 장담할 수 없는 상황을 빗댄 말일 것이다. 나는 계란 한 판을 더 샀다.

"그래도 힘내셔야죠."

나는 내 말이 아무런 힘이 되지 않는다는 걸 알아서 슬펐다.

"글쎄, 별별 세상 구경을 다하지만 누가 알겠나. 힘닿는 데까지 살아봐야지."

그러면서 할아버지가 덧붙이셨다.

"티베트 속담에 말이야. 내일과 다음 생 중에 어느 것이 먼저 찾아올지 알 수 없다는 말이 있지 않던가."

계란 두 판을 들고나오면서 나는 생각했다. 내일보다 다음 생이 더 먼저 온다고 해도 하나도 이상할 게 없는 세상 아닌가. 병아리가 먼저일지, 계란이 먼저일지 생각하기 전에 나는 며칠을 계란 반찬만 먹게 생겼다는 걱정이 앞섰다.

5

"맥주 한 캔 주세요."

할아버지가 놀란 듯 묻는다.

"자네 무슨 일 있나? 안 마시던 술을 찾고 말이야."

나는 사실 조금 힘들다. 그러나 아무한테도 내색하고 싶지 않다.

"할아버지는 다시 태어나면 뭘로 태어나고 싶으세요?"

할아버지는 나를 가만히 쳐다본다. 할 말 있으면 편하게 하라는 눈빛이다.

"저는 다시 태어나고 싶지는 않지만, 그래도 다시 태어난다면 고양이가 되고 싶어요."

할아버지는 내가 왜 하필 고양이라고 하는지 묻지 않는다. 그러므로 나는 답하게 된다.

"고양이는요. 탱고 같거든요. 또 왈츠 같아요. 경쾌하거든요. 또 발레 같기도 해요. 우아하고 유연해요."

할아버지는 내게 캔맥주를 건네며 말한다.

"피곤해 보여. 이것만 마시고 얼른 들어가게."

아파트 단지 울타리에 찔레장미가 피어 흐드러졌다. 나는 아무래도 활처럼 휘는 고양이의 몸이 탐난다. 나는 문이 아니라 높은 담장을 자유자재로 뛰어넘어 다니고 싶은 것이다.

"우유도 하나 주세요."

오늘부터 우유를 접시에 부어 핥아 먹어보련다.

6

"할아버지, 생각은 좀 해 보셨어요? 다시 태어나는 거요."

나는 가게 문을 열고 들어서자마자 마치 숙제 검사를 하는 선생님처럼 물었다. 할아버지는 아이처럼 보채는 나를 의자에 앉히고 환타 오렌지를 한 잔 따라준다.

"다시 태어나야 한다면 말일세. 누구랑 어디서 태어날 것인가를 먼저 생각해야 하지 않겠나?"

나는 왜 거기까지 생각을 못 했을까. 다시 태어나는 게 바빠서 어디서 누구랑 태어날 건지는 미처 생각을 못 하고 고양이로 태어나버렸다. 아, 이런! 빨리 생각을 반품해야겠다.

"그리고 다시 태어나는 곳은 말이야. 돌이킬 수 없는 곳이었으면 좋겠네. 그게 마지막 세상이어서 다시는 환생이 없게 말일세."

나는 그런 곳이 있을 리가 없다는 절망적인 생각을 한다.

"만약에 말이야. 그 마지막이 지금 여기라면 어떻게 할 텐가?"

나는 멍해졌다. 환타 값을 지불하려고 주섬주섬 지갑을 꺼냈다. 할아버지는 손을 내저으며 다정한 음성으로 말했다.

"단 한 번일지도 몰라. 허비하지 말게."

내 심장이 멈출 때까지

아빠들이 딸을 예뻐하는 이유는 천만 가지도 넘는다. 그냥도 이쁘고 아무 짓이나 해도 이쁜데 거기다 요망하기까지 하다. 친구처럼 굴기도 하다가 애인인 양 굴기도 하다가 아내 같은 잔소리꾼이 되기도 한다. 예뻐서 정신을 차릴 수가 없다. 그런데 정작 나는 '딸'이라는 단어가 별로 마음에 들지 않는다. 왜 그럴까 생각해 봤더니 어감 때문이다. 형을 제외하면 아들, 엄마, 아빠, 할배, 할매, 이모, 삼촌…… 다 두 글자다. 입안에 넣고 굴리면 리듬감도 있고 정겹다. 그런데 딸은 딱 한 글자로 새침하게 발음되고 끝난다. 그래서 자꾸 '따아알' 하고 늘려서 부르게 된다.

딸의 어원에는 여러 설이 있다. 모계사회에서 어미를 '안 따른다'고 해 '아들'이라 하고, 잘 '따른다'고 해 '딸'이라고 했다는 되바라진 설이 있다. 어이없고 웃기지도 않는다. 안 따르는 걸로 치면 딸이 더하다. 조금 근거 있어 보이는 설은 '씨앗(종자)'에 기원을 둔 해석이다. 아들은 '씨앗을 받다'의 '바달'에서 유래했고, 딸은 '열매를 따다'의 옛말 '다달'에서 유래했다는 설이다. 설득력을 떠나 나는 이런 식물적인 해석이 마음에 든다.

어쨌거나 세상 사람들이 '따아알!' 하고 다정하게 부르며 사용하지만, 나는 딸 대신에 '도채비'라는 말을 즐겨 사용한다. 도채비는 도깨비의 여러 방언 중 하나다. 도깨비는 예로부터 '금 나와라. 뚝딱!' 하며 풍요를 상징하기도 하고, 수시로 둔갑하는 놀라운 재주도 지녔으니 딱 딸애에게 알맞다. 도깨비의 의미를 알려면 '돗가비'의 어원 형태를 이해해야 한다. 돗가비는 '돗'과 '아비'의 합성어이다. 돗은 불이나 곡식의 씨앗, 즉 종자를 뜻하고, 아비는 말 그대로 아버지를 뜻한다. 즉 도깨비는 생산력과 밀접하게 관련돼 있어 신격화해서 숭배하기도 했던 것이다.

그렇게 변화무쌍하고 변신술에 능한 나의 도채비가 많이 어렸을 때였다. 누워서 책을 보고 있는데 도채비가 웬일인지 얌전하게 내 왼쪽 가슴에 머리를 대고 눕는 것이었다. 가만히 있던 도채비가 슬퍼 보이는 눈빛을 하고는 내게 물었다.

"아빠, 어디로 떠나?"

어디로 떠나다니? 나는 순간 가슴이 철렁 내려앉는 느낌이었다. 괴수에게 아빠를 빼앗기는 무서운 동화책을 본 건가, 아니면 아이의 잠재의식 속에 아빠와 언젠가는 헤어질 거라는 분리불안 같은 게 숨어 있는 건가 싶어 나는 걱정스럽게 물었다.

"아빠가 떠난다는 게 무슨 말이야? 왜 그런 생각을 했어?"

"아빠 가슴에서 쿵 쾅 쿵 쾅 기차 지나가는 소리가 들려서 어디 가는 건지 물은 거야."

나는 안도했다.

"아빠 가슴에는 널따란 기차역이 있어. 날이 저물면 해님도 침대에 들어가 잠을 자는 것처럼 기차도 나갔다가 돌아오면 잠을 자야 하거든. 잘 들어봐. 돌아온 기차가 쿨쿨 잠자는 소리가 들릴 거야. 아침에 나갔던 것들은 저녁에 다 돌아와. 걱정하지 마."

도채비는 그제야 안심한 듯 내 배 위에 엎드려 쌔근쌔근 단내를 흘리며 잠들었다.

아이에겐 없겠지만, 아빠들에겐 이런 사소한 날들의 기억
이 쌓여서 버티는 힘이 된다. 언제나 괴물로부터 지켜주고 싶
지만, 또 한편으론 어느 게 진짜 괴물인지 몰라볼까 봐, 지켜
내지 못할까 봐 겁이 난다. 아침에 나가면 저녁에 무사히 돌
아올 수 있을지 무섭고 두렵다. 그래서 아이를 가진 부모들은
어떻게든 세상을 바꾸려고 안간힘을 쓴다. 안전한 나라를 만
들려고 연대하고 전단지를 돌리고 피켓을 든다. 아이에게 해
가 되고 아이를 돌보지 않으면 그게 국가든 대통령이든 끌어
내리고 가만두지 않는다. 아이가 돌아오지 않는 집의 부모들
가슴에는 기차역이 없다. 잠드는 해도 돌아오는 기차 소리도
없다. 텅 비어 있는 동굴이다. 생각하면 목이 메 밥이 넘어가
지 않는다. 내가 할 수 있는 일은 매일매일 다짐을 하는 일뿐
이다. 언제나 네 곁에 있겠다고, 내 심장이 멈추는 날까지 너
를 지켜주겠다고.

그리운 미래

딸애 이름이 하늬다. 나는 이 이름을 고등학생 때 지었다. 딸 이름을 미리 지어둘 생각을 했다는 건 유난스런 일이다. 친구들이 법관이나 의사나 교수나 사장을 꿈꿀 때 나는 시인을 꿈꿨던 것이 틀림없다. '하늬'는 서쪽을 가리키는 순우리말이다. 서쪽에서 불어오는 바람을 하늬바람이라고 한다. 어원은 분명치 않다. '하늘', 혹은 '크다'에서 왔다는 설 정도가 있다. 크리스트교에서는 에덴동산이 동쪽에 있다고 믿지만 불가에서는 극락이 서쪽에 있다고 믿는다. 맑고 서늘한 이상향을 서방정토西方淨土라고 하는데, 이것이 극락세계의 다른 표현이다. 서쪽이 신성하게 여겨지는 이유는 그곳에 매일 융단 같은 노을이 펼쳐지기 때문이 아닐까 혼자 생각해 본다.

나는 서쪽에 대한 특별한 애착을 가지고 있다. 남해 가까운 데서 태어나고 자랐지만 살아갈수록 자꾸만 서해 쪽에 끌렸다. 포항이나 울진이나 속초보다 목포나 군산이나 변산이나 강화가 더 정겹게 느껴진다. 내가 힘들 때 훌쩍 떠나곤 했던 모항이나 곰소항도 서해에 있다. 서쪽을 편애하는 이유를 나도 모르겠다. 내가 낙조를 유독 좋아하는 걸 보면 그건 그냥 생체 리듬 같은 것, 내 몸 안의 균형추가 처음부터 그쪽으로 기울게 설계된 것이 아닐까 추측해 볼 뿐이다.

아무튼 나는 미래에 올 딸애가 맑은 세상에서 살았으면, 스스로 극락이었으면, 바라보기만 해도 황홀한 노을 같았으면 하고 바랐다. 이름을 가슴에 품고 다니는 동안 하늬는 내게 가장 소중한 미래가 되었고, 실체적인 그리움이 되었다. 내가 스물아홉이 되었을 때 나는 사랑하는 여자에게 청혼했다. 그때 나의 청혼사는 "당신을 사랑합니다, 나와 결혼해 주세요!"가 아니라, "하늬 엄마가 돼 주시겠어요?"였다. 그러니까 전생 같은 걸 들먹일 필요도 없이 내가 이미 하늬의 아빠였듯이, 그녀도 이미 하늬의 엄마로 준비돼 있었다. 우리는 그렇게 아직 도착하지 않은 하늬라는 운명과 연결돼 있었다. 우리 셋은 내가 서른이 되던 해에 지구라는 행성에서 해후했다. 그것은 첫 만남이었지만, 오랫동안 헤어져 있다가 다시 만난 걸 의미하는 그리운 해후였다.

하늬는 명랑하고 사귐성이 좋은 아이로 자랐다. 친구들과 어울려 노는 게 지구에 온 사명인 것처럼 보였다. 아이가 고등학생이 되었을 때, 하늬라는 이름의 탄생설화에 대해서 처음으로 들려줬다. 나는 아이가 눈물을 흘리며 감동할 줄 알았다. 개뿔, 감동은커녕 전혀 믿지 않는 눈치였다. '아빠는 역시 작가라서 뻥도 참 그럴싸하게 치는구먼' 하는 눈빛이었다. 나는 아이가 자신이 얼마나 그립고 소중한 존재인지 알고 살아가기를 바라는 마음뿐이었다. 서운했지만 믿기지 않는 이야기일 것 같기도 해서 평소 잘 우기는 내가 아이에게 믿기를 강요하지 않았다.

그러던 어느 날 아이가 내게 시를 하나 골라 달라고 부탁했다. 국어수업 시간에 학생들이 돌아가며 자기가 좋아하는 시를 낭송해야 하는데 이왕이면 아빠가 쓴 시를 낭송하고 싶다고 했다. 나는 기특한 마음에 별 고민 없이 아이에게 오래된 사진 한 장을 내밀었다. 그 사진은 내가 대학 시절에 문학동아리 활동을 하면서 찍어둔 사진이었다. 가을시화전에 출품한 작품 중의 하나가 '사랑하는 나의 딸, 하늬를 기다리며'였다. 그 시화 작품을 찍은 사진이었다. 옛날 사진들은 필름을 인화하면 사진 하단부에 촬영날짜가 찍혀서 나온다.

저녁에 아이가 그날 수업 시간에 대해 이야기해 줬다. 자기 차례가 와서 시를 낭송하기 전에 친구들에게 자기 이름의 유래에 대해서 설명해 줬다고 한다. 그리고 지금 읽는 시는 아빠가 나를 기다리며 스무 살 때 쓴 시라고 밝혔다고 한다. 낭송하면서 아이가 울먹이자 반 아이들도 울고 선생님도 눈물을 보였다고 한다. 나는 아이를 가만히 안아주었다. 동시에 팔을 뻗어 축축하게 젖은 내 마음을 어루만져 주었다. 세상에 와서 내가 가장 잘한 일 중 하나는 사람을 기다리고 그리워한 일이라고 생각한다.

아이는 내게 존재 자체로 기쁨이고 은혜지만, 늘 웃을 일만 있지 않았다. 고집부리기도 했고, 다투기도 했고, 별것 아닌 일로 오해하고 토라지기도 했다. 서로가 지켜야 할 것을 지키지 않아서, 과도한 기대와 바람을 가져서 실망하고 서운해지는 일들이 생겼다. 딸도 딸이 처음이고 아빠도 아빠가 처음이라 헤매고 넘어지면서 우리는 딸과 아빠를 배워나갔다. 아이가 어른이 되어가듯이 나도 조금씩 어른이 되어갔다. 나는 생각한다. 어른이 된다는 건 그리움의 내용이 아니라 그리움의 방향을 이해하는 거라고. 그리움의 방향을 이해하면 그리워하는 방식이 달라진다. 내 감정을 위해 봉사하던 충직한 그리움이 내가 아닌 상대방의 안녕과 축복에 관심을 갖게 된다. 기도나 소망 같은, 그리움의 태도를 갖게 되면 우리는 비로소 어른으로 성장한다.

어느 날 딸애가 내게 긴 문자를 보내왔다. 나는 딸애가 아이라고만 생각했다가 나를 위해 소망하고 있다는 것을 알게 되었다. 아니다. 그 소망은 나를 넘어 한 성숙한 인간이 세상 사람들에게 보내는 그리움이었고, 비나리 같은 것이었다.

아빠, 세월호가 인양됐다는 기사를 호주에서 봤어. 근데 왜 그런지 내가 스무 살이 되던 해에 세월호가 가라앉았다는 뉴스를 봤을 때보다 오늘이 더 가슴 아프고 먹먹하더라.

그때 나는 내가 살고 있는 대한민국을 너무 믿고 있었나 봐. 좋은 사람들이 함께 살아가는 좋은 나라인 줄로만 알았나 봐. 내가 내 나라를 알아가는 것이 얼마나 화나고 속상하고 아픈 일인지 스무 살의 나는 몰랐어.

삼 년이라는 단어가 들어간 기사를 볼 때마다 자꾸 가슴이 아려와. 천 일이 넘는 시간 동안 자기 자식 얼굴 한 부분도 잊지 않으려고, 사소한 무엇이라도 기억해 내려고 애썼을 유가족들을 생각하면 이 나라에 대해 화가 나고 분해서 자꾸 눈물이 나. 빠진 걸 건져내는 데 삼 년이라니, 너무 말이 안 되잖아.

근데 기사를 보다가 그 밑에 달린 댓글들을 보고 할 말을 잃었어. 나와 다른 생각을 갖고 사는 사람들이 많아도 너무 많더라고. 그 말들의 가시가 어디로 가서 박힐지 아는지 모르는지, 누군가에게 독이 되고 상처가 될 말들을 아무렇지 않게 뱉어내는 사람들이 너무 많아서 절망했어. 누군가를 고통스럽게 만드는 악마 같은 생각을 가진 사람들이 많아서 그게 더 나를 슬프게 했어.

아빠! 나는 아빠가 자랑스럽고 존경스러워. 아빠가 쓰는 글들이 다른 사람들에게 위로가 되고 공감을 부르고, 그리고 누군가에겐 뉘우치고 생각하게 만들어주는 것 같아서. 난 글을 쓰는 아빠가 정말 좋아. 그래서 그런 생각이 들었어. 나는 아빠가 더 멋지고 유명해져서 언젠가 그렇게 죄의식도 부끄러움도 모르고 사는 사람들까지도 아빠의 글을 읽게 되기를 말이야. 비록 내가 당한 일이 아니더라도 다른 사람의 아픔에 공감할 수 있고, 위로할 수 있는 사람이 되고, 또 그 사람들도 아빠의 글로 위로받기를 말이야.

내가 느닷없이 왜 이런 얘기를 아빠에게 하는지 나도 잘 모르겠어. 어느 날 아빠가 혹시 글을 쓰다가 지치거나 회의감이 들 수도 있잖아. 그때 내 말을 떠올려주면 정말 좋겠어. 아빠는 나에게 정말 좋은 아빠니까. 난 아빠의 글이 다른 누군가에게도 좋은 아빠가 되어줄 거라고 믿어. 아빠가 더 힘내서 좋은 글 많이 써주고 더 많은 사람이 아빠의 따뜻한 글을 보기를 바랄게.

P.S

사랑하는 아빠! 글 쓰고 일하는 것도 좋지만, 첫째가 건강인 거 알고 있지? 항상 건강 잘 챙기기. 멀리 떨어져 있는데 자주 연락하지 못해서 정말 미안. (하지만 아빠도 자주 하지는 않잖아. 하하. 근데 난 가끔씩 이렇게 보내는 장문의 카톡이 더 감동적일 거라고 생각해.) 어쨌든 정말정말정말 보고 싶어. 그리고 이건 아빠 듣기 좋으라고 하는 소리는 아니고, 정말로 호주에서도 아빠같이 멋진 중년 남자는 못 봤어. 앞으로도 내가 사는 세상에서 아빠만큼 멋진 남자는 존재하지 않을 듯해. Maybe? hahaha. Anyway I love you my dad a lot!

슬픔이 기쁨에게

집에 돌아온 딸애가 말없이 제 방으로 들어가 방문을 잠갔다. 그러고는 이내 흐느끼는 소리가 문틈으로 흘러나왔다. 내가 할 수 있는 일은 아무것도 없었다. 나는 그저 딸아이의 울음이 그칠 때까지 문밖에 서서 기다리는 수밖에 없었다. 슬픔은 나눌 수 있어도 울음은 각자의 것이다. 저 깊고 축축한 낭하에서 떼 지어 달려 나오는 짐승 같은 울음은 오직 자신만이 대적할 수 있다. 나는 그저 기다리며 내가 서 있는 세계와 딸애가 닿아건 저 세계가 다시 이어지기만을 바랄 뿐이었다. 그날 내가 문밖에 서서 지은 동화가 있다.

신의 집에는 그분의 일을 돕는 두 친구가 살고 있었답니다. 한 친구의 이름은 기쁨이고, 한 친구의 이름은 슬픔이었죠. 어느 날 둘은 신의 심부름으로 인간 세계로 가게 되었습니다. 둘은 몹시 설레었죠.

"우리, 사람에게 가서 뭘 할까?"

기쁨이 들뜬 목소리로 슬픔에게 말했어요. 슬픔은 턱을 괴고 오래 생각에 잠겼지요. 한참 후에 기쁨에게 나직이 말했답니다.

"우리가 둘이 함께 가면 사람들은 기뻐해야 할지 슬퍼해야 할지 혼란스러울 것 같아. 기쁠 땐 기쁘고 슬플 땐 슬퍼해야 좋지 않을까? 난 그렇게 생각해."

기쁨도 그 생각에 동의했답니다. 그래서 기쁨과 슬픔은 따로따로 인간에게 가기로 했지요. 슬픔이 자기가 먼저 갈테니 너는 나중에 왔으면 좋겠다고 기쁨에게 부탁을 했답니다. 슬픔은 사람에게 와서 알게 되었지요. 어디서 어떤 집에 살건 사람들은 저마다 갖가지 모습으로 아프고 괴롭고 힘들어한다는 것을. 슬픔은 뒤따라 온 기쁨에게 신신당부했지요.

"너는 더 기뻤으면 좋겠다. 사람들이 내가 다녀간 걸 잊도록. 너는 더 자주 왔으면 좋겠다. 사람들이 내가 와도 잠깐만 슬퍼하도록."

사람들은 슬픔 덕분에 슬픈 날보다 기쁘고 즐거운 날이 더 많게 되었답니다.

딸아, 슬픔은 기쁨보다 착해서 사람들이 아파할까 봐 이따금씩 찾아오곤 했단다. 사람에게 사랑을 알려준 건 기쁨이 아니라 슬픔이었어. 사람의 모든 사랑에는 그래서 슬픔이 묻어있는 거란다. 그러니 딸아, 방문을 열어두고 울어도 된단다.

배관공은 오지 않는다

유대인들이 믿는 율법서 탈무드에 사람을 해치는 세 가지가 나온다. 근심과 말다툼과 빈 지갑이 그것이다. 나는 노인들을 해치는 세 가지가 있다고 생각한다. 과거와 외로움과 절약. 과거에 대한 집착이나 지나치게 아끼는 버릇은 노인을 초라하게 만든다. 그런데 외로움은 초라함을 넘어서 생을 위협한다. 외로움은 육신을 쭈글쭈글 주름지게 한다. 이랑이랑 패인 주름의 골짜기에 숨어서 노인들은 잠깐잠깐 졸듯이 눈물을 흘려보낸다.

외로움은 어느 순간, 복리로 불어나는 이자처럼 주체할 수 없이 는다. 이 물기 많은 고무주머니는 점점 늘어나다가 통제할 수 없는 지경이 되면 터진다. 노인들은 두 가지 형태로 외로움을 드러낸다. 하나는 울음의 방식이고 다른 하나는 침묵의 방식이다. 울음이 양지에 드러낸 대낮의 외로움이라면, 침묵은 음지에 웅크린 한밤중의 외로움이다. 노인들의 입을 보라, 울음과 침묵이 한 입술에 걸려 어느 것이 튀어나올지 종잡을 수가 없다.

오늘 아버지가 울었다. 전화기 너머에서 울었다. 당신은 당신이 가진 햇볕의 언어와 그늘의 언어 중에 환한 대낮의 언어를 골라낸 것이다. 아버지의 흐느낌에는 혼자 남은 자의 회한과 고단한 끼니의 서글픔이 배어 있다. 나도 이제 노인의 언어를 이해해야만 하는 나이에 접어들었다. 나는 아마도 침묵의 언어를 선택하게 될 것이다. 당신처럼 함부로 외로움을 발설하지 않을 것이다. 알 수 없다. 아버지도 나처럼 다짐했을지도 모른다. 다짐한다 해도 불어나는 외로움의 채무를 감당하기 어려웠을 것이다. 감정의 수도꼭지가 점점 헐거워지고, 잠가도 흘러나오는 비탄이 하수구를 막는 일이 종종 벌어진다. 아무리 기다려도 배관공은 오지 않는다. 그래서인지 늙은이들이 사는 집 연장통에는 없는 연장이 없다. 연장들은 하나 같이 입을 앙다문 채 녹슬어 간다.

본래의 나는 어디에 있나

_산방일기 1

글을 쓰려고 바다가 내려다보이는 절집에 방 한 칸을 빌려세 들었다. 첫날 주지 스님을 뵈었다. 스님은 몇 마디 환대의 말을 건네고 정성스레 우려낸 차를 권하고는 다실을 나갔다. 사람에 치이다 왔으니 호젓함을 맛보라는 것인가. 혼자 남겨진 나는 나라는 사람과 단 둘이 있는 게 어색했다. 넓은 창문에 섬 한 점과 바다 한 폭이 걸려 있었다. 햇빛이 깊어서 나는 반쯤 젖었다. 혼자 있는데 혼자가 아니어서 소란스러웠다. 누군가 자꾸 문을 두드렸다. 풍경 소리였다. 가라앉지 못하고 들떠 있는 내 고요가 흔들렸다. 왜 그리 소란스러우냐고 풍경 소리에 가볍게 주의를 줬다. 풍경이 억울하다는 듯 저를 흔드는 바람을 나무랐다. 그러자 지나가던 바람이 내게 속삭였다. 본래 흔드는 게 바람의 일이고 본래 소리를 내는 게 풍경의 일인 것을.

내 본래의 일은 무엇이었나. 바다가 한없이 고요해서 소리 없이 차를 마셨다.

꾸미지 않는 말
_ 산방일기 2

스님과 차를 마셨다. 스님의 말은 꾸밈이나 주저함이 없어 담백했다. 이를테면, 집착을 없애야 한다고 하지 않고, 집착을 용납해선 안 된다고 말했다. 스님의 말들은 에두름 없이 단호해서 곧바로 가슴에 둔중하게 울려들었다.

나는 세간에서 쓰는 화려한 말들의 기교와 치장을 생각했다. 교양을 드러내기 위해, 혹은 상대의 권위가 다치지 않도록 살피느라 한껏 포장한 화법의 가식과 낭비를 생각했다. 우리 시대의 불량한 자본주의처럼 나의 말도 본성을 잃고 극심한 인플레에 시달린다는 것을 알았다.

아침에 아랫마을로 산책을 갔다. 집마다 관상용 국화가 많았다. 낮은 담장 밖으로 고개를 내민 노란 소국이 햇살을 받아 탐스럽게 빛났다. 나는 끌려서 본능적으로 코를 갖다 댔는데 들판에 지천으로 핀 보잘것없는 산국화보다 향기가 못했다. 화려하고 크다고 해서 꼭 향기가 좋은 것은 아니라는 것을 아침에 다시 알았다. 꾸밀수록 효용 가치가 높아진다고 가르치는 헛된 말들과, 그 헛됨을 좇는 집착을 더는 용납하지 말자고 생각했다.

지혜로 먹으라

_산방일기 3

새벽 예불 소리에 잠을 깼다. 깨어서 비몽사몽 명상에 들었다. 아침 공양은 거른다. 글 쓰는 일은 배고픔을 잊게 한다. 점심 공양 때까지 시간이 넓어진다. 그사이 멀리 산책도 다녀오고 책도 읽는다. 깨끗한 시장기가 돈다. 여기 절집은 저녁 공양을 이른 저녁 5시 무렵에 먹으니 다음 날 점심때까지 15시간의 공복이 생기게 되는 셈이다. 게다가 채식으로 이루어진 식단이라 허기가 빠르고 맑고 깊을 수밖에 없다.

그래서 사달이 났다. 세 끼에서 두 끼로 바뀐 것을 의식한 몸이 식탐을 부린 것. 점심 공양 때 밥이며 반찬을 과하게 떠 담았다. 절집에서는 소식이 일상화돼 있고, 음식을 소중히 여기는 마음이 청규로 정해져 있어 음식을 남기는 법이 없다. 과한 밥을 먹으면서 식은땀을 비질비질 흘려보기는 처음. 공양

간에 붙어 있는 '지혜로 밥을 먹으라'는 말의 뜻을 오늘 체험으로 깨우친다. 지혜를 먹는 거라고 오독한 나의 잘못을 뉘우친다. 지혜는 언제나 과하지 않는 것에 있다.

첫날 스님이 알려줬다. 걸을 때에는 걸음에만, 명상할 때에는 나에게만, 밥을 먹을 때에는 밥에만 집중하라고. 쌀의 맛과 반찬 고유의 맛을 하나하나 느끼며 먹는다. 책을 읽을 때 책에 집중하듯이 항상 무엇을 하고 있는 나에게 집중한다. 잡념이 끼어들지 않게 하기 위한 방편이다. 일상이 명상이 되는 원리. 지금은 의식적으로 그렇게 나에 대한 집중을 연습하는데, 생각은 제멋대로 밖으로 도망 나가고 이리저리 쏘다니기 일쑤다. 나를 내 마음대로 부리는 것조차 잘 안 된다. 그러니 남의 마음을 내 마음인 양 갖다 쓰는 게 얼마나 과한 일인지 새삼 알게 된다.

그나저나 다시 군대에 입대한 것 같다. 짜장면과 삼립 크림빵과 프랑크소시지와 해물라면과 동네 떡볶이가 그립다. 평소에는 잘 먹지도 않는 그것들이 생각나는 이유는 무엇일까? 아마도 몸이 그것들과 작별하는 시간일 것이다. 기억창고 어딘가에 처박혀 있던 그리운 맛들을 일일이 소환한 후 떠나보내는 과정일 것이다. 그나저나 절집이 군대나 다를 바 없는데 왜 절에는 PX가 없는 걸까? 지금은 모든 정신을 위문품에 집중한다. 도시인의 마음 닦는 일에는 유혹이 많아도 너무 많다.

최소한의 삶

_ 산방일기 4

공양을 들다가 문득 '살생'에 생각이 미쳤다. 수행자들이 육식을 멀리하고 채식을 하는 이유가 살상을 금한 계율을 지키기 위해서라는 건 누구나 알 것이다. 그런데 엄밀하게 보면 그 살상이 동물에만 국한되고 식물은 배제된다는 것이 아이러니하다. 인간 종의 존속을 위한 '최소한의 삶'이라는 약속이 바탕에 자리 잡고 있어서 그 모순은 허용되고 정상적인 인식이 됐을 것이다. 인간은 같은 종끼리의 살상을 엄격하게 금지한다. 단, 개체가 개체를 살상할 때만 그렇다. 집단이 집단을 살상할 때는 이성의 판단이 아니라 광기에 따른다. 정당성은 조작되고 오직 이기는 것이 정의가 된다. 인간 종의 존속 관념은 타 종으로 확장되는 순간 혼란이 야기된다. 도살한 쇠고기는 즐겨 먹으면서 고래를 포획하는 것에는 극렬하게 반대한다. 이타적 관점이나 총합적 이익 관점에서 다른 종의 멸종을 막고 보호해야 한다고 믿는 사람들이다. 한편에서는 약육강식의 생존법칙을 내세워 그것은 우월한 인간 종의 권리라고 합리화한다. 어느 쪽을 지지하든 궁극적으로는 인간 종의 이기적 본성이 밑바탕에 깔려 있다.

나는 이 모순된 인간의 불완전함을 탓하고 싶지 않다. 다만 내가 여기서 생각하는 지점은 '최소한의 삶'이다. 우리가 우리의 생존을 위해 다른 무엇인가를 희생시켜야 할 때 그것이 최소한의 삶을 위한 것인가, 최대한의 삶을 위한 선택인가 스스로에게 물어보는 일이다. 우리가 '최소한의 삶'을 귀하게 여기지 않을 때 종의 조화와 다른 종과의 공존은 균열을 맞을 것이다. 이미 우리는 너무 많이 먹고 너무 많이 배설하는 '최대한의 삶'에 길들여져 있다. 탐욕스러운 비만은, 그래서 무차별적인 살생의 다른 말이고 종의 멸종을 초래하는 이적 행위인 것이다. 육식이 나쁘겠는가, 채식이 나쁘겠는가. 과욕이 가장 나쁘다. 조금씩 밥그릇을 덜어내자.

서 있는 자리가 다르면 노을도 다르다

흐릿했던 일이 확연해지는 때가 있다. 그때가 오면 "내 그럴 줄 알았어" 하고 미루어 짐작하고 있었다는 듯이 말하게 된다. "확실해졌으니 이제는 말해도 되겠네" 하고 묶어두었던 마음을 풀어주게도 된다.

어제 오후에는 강풍이 불었고 해가 났고 하늘이 맑았다. 손 갈퀴를 만들어 하늘을 쓰다듬으면 비행운 자국이 선명하게 남을 것 같았다. 어느 저녁보다 석양이 예뻐서 사진을 찍어 글 쓰는 사람들 단톡방에 올렸다. 그러자 다들 마음이 똑같았는지 자기 동네 석양 사진들을 다투어 올렸다. 놀랍게도 다 달랐다. 같은 날 같은 저녁에 찍은 석양인데도 너무나 달랐다. 내 석양이 냉동 생선이라면 그들의 석양은 생물 생선이었다. 구름이 다르고 노을의 빛깔이 다르고 바람의 방향이 달랐다. 흐릿했던 것이 확연해졌다. 내가 보는 것이 누구나가 보는 것이 아니라는 것. 서 있는 자리가 다르면 보이는 것도 다르다는 것.

우리는 어떤 사안에 대해, 어떤 사람에 대해 너무 쉽게 단정하고 함부로 말하고 섣불리 판단해 버린다. 확연해질 때까지 조금 미뤄두고 말을 아끼고 지켜보면 좋을 텐데, 그러면 곧 사실이 밝혀지고 진실이 드러날 텐데 그러질 못한다. 성급하게 단죄하고 처벌하고 인격 살인을 끝내버린다. 진짜 기자들은 너무 늦게 오고, 굶주린 가짜들이 달려와서 훼손하고 물어뜯는다. 미루어 짐작한 것을, 보고 싶은 대로 본 것을 진실인 양 호도하며 마구 퍼뜨린다. 격앙시키고 흥분하게 만든다. 그런 말이 있다. 거짓이 지구 열두 바퀴를 도는 동안 진실은 이제 구두끈을 매고 있다고.

노을을 보며 생각한다. 진실을 알려면 인내심을 가질 필요가 있다고. 우리가 원하는 건 속보가 아니라 언제나 진실이니까. 그러므로 함부로 다그쳐 묻는 걸 조심해야 한다. 입장을 내놓으라고 강요하는 것도 폭력이다. 꼭 입장이 있어야 하는 것도, 그 입장을 꼭 말해야 하는 것도 아니다. 더 살아봐야, 더 지나서야 알게 되는 것이 있다. 민주주의 같은 것, 명예 같은 것, 인격 같은 것. 내가 보는 노을이 당신이 보는 그 노을이 아니다. 당신의 노을이 노을의 전부가 아니다. 그러므로 노을에게 전향을 강요하지 말자. 사려 깊은 친구들을 더 많이 사귀자. 그래야 죽기 전에 더 신선한 노을을, 더 기막힌 노을을 구경할 수 있다.

사려 깊은 사람들이 노을을 좋아한다는 어느 시인의 말을 나는 믿는다.

동사가 사라진 삶

이반 일리치 읽기를 권한다. 그는 우리 시대의 중요한 사회 사상가이다. 사람이 사람답게 사는 전통사회가 침몰하고 있다. 그는 이에 대한 비통한 애도사를 줄기차게 써왔다.《학교 없는 사회》,《성장을 멈춰라》,《병원이 병을 만든다》등이 그가 남긴 저작들이다. 그는 이 저작들에서 학교, 교통, 위성도시, 대형병원, 매스미디어와 같은 대량생산 산업시스템이 시민들의 자발적 행동능력을 어떻게 빼앗아갔는지를 신랄하게 비판하고 있다. '시장 상품 인간을 거부하고 쓸모 있는 실업을 살 권리'를 주창한《누가 나를 쓸모없게 만드는가》에서는, 산업사회가 그토록 찬미하고 계몽했던 '해방된 인간'은 도대체 어디로 사라졌는가에 대한 의문을 제기하고 있다.

사람의 일생은 세 곳에서 시작되고 마침표를 찍는다. 병원에서 태어나 학교에 수용되고 직장에 몸을 바치고 다시 병원으로 돌아가 장례를 치른다. 이 세 곳에는 고치고 가르치고 욕망을 부추기는 전문가들이 있다. 이들은 생명을 연장해 주고, 돈 버는 기술을 습득시켜 주고, 나의 쓸모를 돈으로 환산해 준다. 병원과 학교와 기업의 카르텔은 공고하다. 국가는 이 전문가 집단의 용도를 통합하고 경영해서 개인의 일탈을 통제하고 자유를 제한하고 경제 성장의 도구로 사용한다. 우리가 기를 쓰고 직장에 다니려고 하는 이유는 돈을 벌기 위한 목적뿐만 아니라 기업조직이 제공하는 의료와 재교육, 여가 서비스 같은 각종 복지혜택을 제공받기 위해서이다. 국가는 시민들의 사회의존성을 높이기 위해 다양한 제도와 장치를 고안해 낸다. 체제 안에서 편안함과 안정감을 느낄 수 있도록 탄생부터 죽음까지를 설계하고 관리한다.

이반 일리치는 이것을 동사가 사라진 삶이라고 명명하고 있다. '배운다'는 동사는 '학점 취득'이라는 명사가 대신하고, '재미있다'는 동사는 'PC게임'이나 '놀이공원 회원권'이라는 명사로 대체됐다. 스스로 배우고 즐거움을 체험하는 동사적 능력은 퇴화하고, 이미 만들어진 프레임과 시스템에 누가 더 빨리 세련되게 적응하는지 경쟁하는 삶. 스스로의 만족에 기반한 욕구를 만들어가는 능력은 좀체 발현되지 않는다. 그 능력을 발휘하려면 아이러니하게도 아주 가난하거나 아주 부자여야만 가능하다. 이 말은 내가 나의 쓸모를 되찾으려면 자발적 가난, 자발적 실업을 감행해야만 가능해진다는 뜻이다. 불운하게도 산업조직 체계에 속해 있는 한 내가 나의 쓸모를 회복할 길은 없다. 사람이 생존하는 데 필요한 고유한 기술들, 채소를 기르거나 장작을 패거나 동물의 털가죽을 벗기는 일을 하지 않아도 사는 데 문제가 없다. 그 일들은 각기 분업화된 전문가들이 알아서 해 주기 때문이다. 노동 능력이 가치를 창조하는 능력이 아니라, 사회적 관계를 의미하는 직업으로 대체된 지 오래다. 까닭에 자율적이고 의미 있는 일을 하기위해 실업을 선택한다는 것은 상상조차 할 수 없는 일이 되었다. 집에서 아이를 낳을 수도, 감기를 치료할 수도, 전기를 설치하고 수도를 고칠 수도 없게 되었다. 시스템에 의존하지 않으면 살아갈 수 없는 세상이 되었다. 우리는 '현대화된 가난'을 살게 되었다.

이반 일리치를 읽으면 섬찟하다. 멈출 줄 모르는 전 지구적 발달과 성장의 끝이 보인다. 스스로 제 무덤을 파고 있는 산업 문명이 보인다. 빨리 달리기 위해 만들어진 자동차가 끝없이 많아져서 이제는 다 같이 느리게 다닐 수밖에 없게 되었다. 최적화된 환경에서 우량한 품종으로 사육되는 가축들이 전염병이 돌면 이겨내지 못하고 일시에 대량 살처분된다. 도시에 밀집해 모여 살게 되면서 인간도 가축과 마찬가지로 얼마나 취약한 존재가 됐는지를 보여준다. 사스, 메르스, 코로나19가 이를 극명하게 보여준다. 병원에서도 통제할 수 없는 슈퍼박테리아가 생겨나고, 정체불명의 바이러스 감염이 병원에서 일어난다. 자본으로 성장한 병원이 병의 진원지가 될 수 있다는 것, 양적 성장과 진보가 더 이상 인류의 삶을 보장해 주지 않는다는 것, 임계점에 달한 진보가 자기기만에 불과하다는 것. 이 모든 것을 알면서도 오만한 성장은 결코 성장을 멈추지 않을 것이다.

이반 일리치는 진보의 역설을 성찰했다. 농경문화의 죽음은 극적인 사회변화로 이어졌고, 이러한 격변으로 현대는 과거와 영원히 결별하게 되었다. 이 결별은 인류가 수천 년간 생계를 해결하며 지속해온 문화적 진화에 종지부를 찍게 했다. 저마다의 고유성을 지닌 문화형식들을 가지고 독립적으로 진화해 온 인류의 역사는 대량생산 시스템의 보편적인 요구에 따라 획일화되고 통제되었다. 인간 조건은 자발성과 자립, 자급과 자족이라는 인류 본연의 가치를 상실해 버렸다.

우리의 노동은 신성한가. 성장 시스템에 옥죄이고 기만당
하는 노동은 스스로의 진정한 쓸모와 가치를 회복할 수 있는
가. 불편하고 불온하지만 우리는 너무 늦지 않게 이 무서운
'성장'이라는 괴물로부터 해방돼야 한다. 자율적 공생, 창조적
실업의 관점에서 대안적 희망을 찾기 위해 문명과 맞서는 목
소리에 귀를 기울여야 한다. 비루해서 견딜 수 없는, 너무나
하찮은 존재로 타락해 버린 우리의 삶을 이대로 방치할 수는
없지 않은가. 인간은 모이를 먹지 않는다. 밥은 밥다워야 한
다. 이반 일리치 읽기를 권한다.

시인의 탄생

나는 좀 썰렁한 농담을 좋아하는 편이다. 심각한 걸 별로 좋아하지 않아서 일부러 대화 수법으로 써먹기도 한다. 아끼는 청년이 내게 시를 물어왔다. 시는 심오한 주제인데 꼭 그렇지도 않다는 걸 나는 말하고 싶었다. 진지하지 않아도, 꼭 무언가가 되지 않아도 시가 되고 삶이 된다는 걸 그 친구에게 말해 주고 싶었는데 그게 잘 됐는지는 모르겠다.

"아저씨, 시 쓰는 법 좀 가르쳐주세요."

"그런 '법'을 알면 내가 이러고 살겠니?"

"저 정말 시를 잘 쓰고 싶단 말이에요."

"너, 시 좋아하니? 정말 좋아해?"

"네, 물론이죠. 그래서 아저씨를 좋아하잖아요."

"그럼 앞으론 시를 '쓴다'고 하지 말고 시를 '짓는다'고 하면 좋겠다."

"왜요? 그게 뭐가 다른데요?"

"내 느낌에는 말이야. 쓰는 건 그냥 물을 쓰는 것처럼, 돈을 쓰는 것처럼 가볍게 느껴지거든. 종이에 글자를 적는 것이 쓰는 거잖아. 자동적이고 수동적인 느낌이 들지 않니? 뭔가 예술혼이나 정신의 고뇌 같은 게 빠진 것처럼 보이지 않아?"

"듣고 보니 그런 거 같네요. 그럼 짓는 거는요?"

"음, 인간은 왜 글을 쓸까? 내 생각에는 말이야. 우리가 입 밖으로 말을 내뱉으면 말들이 공중으로 흩어져 날아가 버리잖아. 기껏 말했는데 사라져버린다는 거지. 우리가 쓸데없는 말도 많이 하지만 어쩌다가 아름답고 멋진 말이 내 입 밖으로 툭 튀어나오는 때도 있잖아. 그럴 때는 그 말을 붙잡아두고 싶잖아. 그 말을 두고두고 써먹을 수도 있고, 그 말대로 멋지게 살려고 애쓰게 될 수도 있고. 그래서 글을 쓰게 되지 않았을까? 울림이 있고 떨림이 있는 그런 잠언들을 오래 기억해 두려고 말이야."

"네, 글이란 게 기록의 의미가 있죠. 그래서 짓는 거는요?"

"글로 기록해 두면 보기에 좋고 보관도 용이하지만, 말 입장에서 보면 안 좋은 게 있어. 글이라는 게 문법이라는 규칙 안에 배열되는 거잖아. 그게 언어의 사회적 약속인 거고. 그래서 학교에서 문법을 가르치는 것일 테고. 그런데 아기가 태어나서 말을 배울 때 말의 규칙이나 문법을 배우지는 않잖아. 낱말 하나만 있어도 소통이 되니까. 그러니까 내 말은 문법 안에 갇힌 글이 얼마나 숨 막히고 답답하겠느냐는 거지."

"전 한 번도 그런 생각을 해본 적이 없는데 아저씨가 그렇게 말하니까 답답할 수도 있겠다는 생각이 드네요. 그런데 짓는 거에 대해서는 아직 말씀하지 않으셨어요?"

"음, 짓는 거? 들어봐. 우리가 농사를 짓는다고 하잖아. 집을 짓는다고 하고 밥을 짓는다고 하고 옷을 짓는다고 하지. 이 짓는 일에는 재료가 필요하고 지혜와 노동이 필요해. 무엇을 위해 왜 만들어야 하는가에 대한 물음과 목적도 전제되는 거고. 그래서 짓는 건 쓰는 것과 확연히 다른 차원인 거지."

"네, 제가 생각했던 예상답변에서 크게 벗어나지 않으시네요. 흐흐. 집을 짓듯이 시를 지으라는 말씀이신 거잖아요. 근데 아까 왜 글이 갇혀서 답답할 거라고 하신 거예요? 그건 어떤 맥락인지 이해가 안 되는데요?"

"그러니까 내가 생각하는 짓는다는 건 숨을 쉬게 만들어준다는 의미야. 농사를 짓는 일도 집을 짓는 일도 옷을 짓는 일도 가두는 일이 아니라 자유롭게 유통하는 일이라는 거지. 바람이 드나들고 물이 드나들고 햇볕이 드나들어야 그 안에서

작물이 자라고 사람이 살고 몸에 생기가 돌거든. 시를 짓는 일도 숨을 쉬게 만들어주는 일이고, 자유롭게 열어주는 일인 거지. 그게 언어가 됐든 사람이 됐든 물고기가 됐든 바위가 됐든 말이야."

"그럼 시는 살아 있는 건가요?"

"당연하지. 지어진 모든 것이 자라고 늙어가듯이 시도 순환 하는 리듬이고 생명인 거지."

"그래서 시가 생로병사 희로애락을 다 담는가 보네요."

"시를 짓는 걸 창작이라고 하잖아. 예술작품을 독창성 있게 만들어내는 일. 이 말 속에는 노동한다는 의미도 들어 있고, 또 처음 지어낸다는 의미도 들어 있어. 생명을 잉태하고 낳고 기르는 엄숙한 일이 창작인 거지."

"정말 시를 좋아하냐고 물으신 이유를 조금 알 것 같네요."

"네가 시 짓는 법을 알려달라고 했잖아. 자, 이제 생각해 봐. 아이를 낳고, 선인장을 기르고, 마음을 다하는 일에 법이 어디 있겠니? 그것은 그냥 자연스럽게 되는 일이고, 그냥 숨 쉬며 사는 일인 거지."

"그래도 엄연히 농사짓는 법, 집 짓는 법이 있잖아요?"

"생각해 보렴. '법'이란 게 뭐겠니? 정해진 어떤 방식이나 이 치가 네가 말하는 법일 텐데, 시가 어떤 특정한 기술이나 능

란한 기교로 지어지는 거라면 그게 숨을 쉬는 일이겠니? 그
갇힌 시가 무언가를 자유롭게 풀어줄 수 있겠니? 사람들이
만들어낸 정해진 방식이나 법칙도 다 임의적이고 편의적인 거
잖아. 절대적인 것도 없고, 시간이 지나면 변경되고, 쓸모없어
지기도 하는 거고. 세상에는 법이나 기술이 아니라 마음이나
시간에 기대는 일들이 많지. 농사나 목수 일, 그릇을 빚고 옷
을 짓고 요리하는 일처럼 오랜 시간 숨을 불어넣고 진심을 다
해야 겨우 터득되는 일, 머리가 아니라 몸으로 느껴지는 일들
이 있어. 그런 일들은 곧 한 사람의 일생이 되곤 하지. 그 일들
은 앞사람의 삶에서 뒷사람의 삶으로 전승되면서 서서히 완
성돼. 앞사람이 살아낸 그 생애에 고인 지혜가 뒷사람의 시간
에 부어지면서 이어지는 거지."

　"뭔가 거룩한 느낌이 드는데요? 앞사람의 좋은 시를 많이
읽어야겠네요."

　"그렇지. 시는 물과 같아. 지구가 물을 품고 있지 않다면 숲
이 존재할 수도 없고 땅이 단단하게 굳어 있을 수도 없고 바
다를 유지할 수도 없겠지. 네가 시를 품고 있다면 네 몸 안에
푸른 행성 하나가 들어 있는 거지. 그 행성이 하나의 물방울
일 수도 있고, 한 줄의 시일 수도 있고."

　"시를 좋아하면 누구나 시를 지을 수 있는 거네요."

"그렇지. 좋아하면 생각만 해도 헤벌쭉해지고, 보고 싶어 미칠 지경이 되고, 담아둘 수 없어 말하고 싶은 게 생기고. 그러면 와. 네가 꼭 짓지 않더라도 그것이 네게 와. 마음을 다해 사랑하면 너의 것이 돼."

"엥, 시를 짓지 말고 독자로 남으라는 말씀이세요?"

"사랑하면 내 것이든 내 것이 아니든, 좋아하는 건 다를 바 없지 않겠니?"

'나중에'란 없다

휴대폰이란 물건이 세상에 없던 시절이 있었다. 어느 겨울 저녁, 나는 모르는 여자로부터 전화를 받았다. 자신은 누구의 아내라고 신분을 밝혔다. 그 이름을 듣는 순간 수화기에서 화약 냄새가 훅 풍겨 나왔다. 그는 군대 한 기수 선임병이었다. 우리는 나이가 같아서 둘만 있을 땐 서로 말을 놓았다. 동무처럼 의지하고 통했다. 그렇게 계급과 애국의 허무를 견뎠다. 민간인 신분을 회복하면 꼭 다시 보기로 약속했다. 그러나 제대하고 몇 년이 흐르도록 우리는 다시 만나지 못했다.

그녀는 담담한 목소리로 말했다. 그이의 유품을 정리하다가 수첩의 맨 위 칸에 당신의 이름과 전화번호가 적혀 있어서 전화를 했노라고. 매년 해가 바뀔 때마다 그이가 당신 연락처를 새 수첩에 옮겨 적었을 걸 생각하니 그이에게 중요한 분일 것 같아 이리 부음을 알리게 됐노라고. 나는 입이 떨어지지 않았다. 너무 짧은 생이 아닌가. 어쩌다 그리됐냐고 간신히 물었다. 교통사고였다고 했다. 유해는 무안 앞바다에 뿌렸다고 했다. 아이는 있느냐고 물었다. 딸애가 하나 있다고 했다. 수화기를 든 손이 심하게 떨렸다. 나중에 무안에 꼭 들르겠노라고 가까스로 말하고 전화를 끊었다. 필라멘트가 끊어진 전구처럼 나는 암전됐다.

지금껏 나는 무안에 가지 못했다. 그가 매년 새 수첩에다 내 이름을 꾹꾹 옮겨 적는 동안 나는 먹고사느라 그를 잊었다. 그가 나를 잊지 않으려 애쓰는 동안에도 나는 그를 잊었다. 그가 죽은 후에도 나는 '나중에'라는 편리한 말로 그에 대한 기억을, 그를 향한 그리움을 뒤로 미뤘다. 누군가로부터 기억된다는 것이 무슨 의미인지 모르는 채 나는 여전히 허무를 견디며, 훌륭하게 살아가고 있다. 삶의 아픈 곳이 만져질 때에도 나는 돌아보지 않았다. 그게 살아가는 용기라고 믿었다. 그래서 나는 나를 미워한다. 그리워해야 할 것을 그리워하지 않는 것은 죄악이다.

그립다고 말하고 싶어도

　친구가 입원해 있는 병원에 다녀온 후로 자꾸 가라앉는다. 여러 복잡한 감정의 마그마가 불쑥불쑥 일상의 지층을 뚫고 터져 나온다. 친구는 그저 웃으며 손을 내밀었다. 나는 평소처럼 호들갑스럽게 악수를 하며 반갑다고 말했다. 그러고는 얼른 미안한 웃음기를 거둬들였는데 그때부터 나는 급격하게 슬픔 쪽으로 기울어졌다.

　친구는 이제 예전처럼 말하지 못하게 되었다. 모야모야병은 언어장애를 가져온다. 친구는 의사 표현을 할 수 없어 몹시 답답할 텐데도 익숙해졌는지 오히려 담담한 표정을 지어 보였다. 나는 그 답답함과 담담함 사이의 거리를 가늠할 수 없어서 미안하고 아팠다.

모습을 드러내야 불행은 비로소 불행으로 감지된다. 미리
경고한 몇 개의 징후는 생의 창구에 진지하게 접수되지 않는
다. 그래서 정작 그 불행이 닥쳐오면 이미 늦고 막아낼 방도
도 없다. 불행에 대해서는 실상 나눌 수 있는 것이 별로 없어
답답할 뿐이다. 기쁘고 즐거울 때 더할 수 없이 좋아했어야
한다는 것을 뒤늦게 알게 된다. 슬픔이나 아픔은 당사자가 독
차지해야 할 몫이 된다.

　지금도 친구와 나는 가끔씩 단문의 문자로 안부를 주고받
는다. 전화를 하면 무슨 말을 하든, '네!'라고만 대답한다. 책
한 꾸러미를 친구에게 보냈다. '고맙다'고 친구가 문자를 보
내왔다. '응'이나 '네'가 아니라 '고맙다'는 말이 듣고 싶어서
나는 책을 보냈다. 그리운 기억들도 무수한 안부도 우리가 살
아갈 남은 날들도 모두 다 '응'이나 '네'인 세상이 있다. 그리
워도 그립다고 말할 수 없는 세상이 있다.

4부

외로운 일

가족의 정의

욕실 헤어드라이어의 줄이 꼬여 있을 때 플러그를 빼 풀어 두는 것. 내가 설거지를 하지 못하더라도 밥그릇에 남은 밥 풀이 말라 달라붙지 않도록 물을 채워 개수대에 놓아두는 것. 머리를 감고 수건을 두르고 나올 때 수건걸이에 새 수건을 꺼내 걸어두고 나오는 것. 치약이 떨어지고 화장지가 떨어지면 새것을 꺼내 바꿔두고 나오는 것. 화장실 휴지통이 가득 부풀어 있을 때 엄마를 부르기 전에 새 비닐봉지를 먼저 부르는 것. 세탁기 정도는 스스로 돌릴 줄 아는 것. 벗어놓은 양말과 빨랫감들이 방바닥이 아니라 세탁바구니 안에 얌전히 들어가 있어야 한다는 것을 아는 것. 수챗구멍을 막고 있는 머리카락 을 쓸어 담아 고인 비눗물이 잘 빠져나가게 해 주는 것. 누군 가 책을 읽고 공부를 하고 있을 때 연속극 소리나 음악 소리 가 거실을 뛰어다니지 않게 죽여주는 것. 아직 외출에서 돌아오지 않은 엄마에게 전화를 걸어 짜증 내는 대신 혼자 저녁을 차려 먹고 설거지를 해두는 것. 방바닥에 벗어놓은 옷가지들이 옷걸이에 가지런히 걸려 있거나 옷장 속에 들어가 있을 때 그게 신데렐라가 한 일이 아니라는 것을 아는 것.

누군가의 식사량이나 웃음의 양이 줄어들 때 그것을 알아채는 것. 웃음이 줄어든 대신 근심과 외로움의 양이 늘지 않도록 마음의 눈금을 세심히 살펴주는 것. 아프게 말하고 몰라주는 말을 하는 때가 있더라도, 그게 진심이 아니라는 것을 끝까지 믿어주는 것. 다투었더라도 마주 앉아 밥을 나누고 서로의 물잔에 물을 채워주는 것. 빗소리 뒤에 숨어서 한숨을 내쉬는 엄마가 보이거나 자주 창밖의 석양을 내다보는 아빠의 등이 보일 때, 그분들의 인생을 헐어내며 내가 살아왔다는 걸 고요히 생각해 보는 것.

세상이 용서하지 않는 죄일지라도 기꺼이 용서하고 안아주는 곳. 끝까지 내 편이 되어주는 곳. '우리'라는 말이 처음 사용된 곳. 나를 넘어 세상으로 가는 길이 시작된 곳. 신이 다 돌볼 수 없어 서로가 서로를 돌보는 곳. 하나가 없으면 전부가 없는 곳.

길을 묻는 아들에게

최고가 되려고 하지 마라. 너만의 독특함을 가져라. 최고는 항상 남을 이기고 앞질러야만 얻을 수 있는 비정한 전리품이지만, 독특함은 무리에 함께 섞여 온유함을 나누면서도 언제라도 너를 드러낼 수 있는 아름다운 힘이다.

단점을 보완하려고 애쓰지 마라. 그 시간에 너의 장점을 더 큰 강점으로 만들어라. 단점을 고쳐서 완전무결해야 훌륭한 인격체가 되는 것이 아니다. 그것은 남의 시선을 의식하며 남이 원하는 삶을 사는 불행한 사람들이 범하는 오류다. 장점을 단련하고 숙련하는 일은 훌륭한 무엇이 되기 위해서가 아니라 네가 오롯이 너 자신의 삶을 살기 위한 방편이다.

누군가 너를 남자답다고 칭찬하거나 의리남이라고 치켜세우면 조금도 기뻐하지 마라. 너를 특정한 성향으로 길들이거나 집단성으로 묶으려는 사람을 경계해라. 편을 갈라 구분하고, 정상과 비정상을 나누고, 자신의 취향과 기호를 강요하는 자를 멀리해라. 있는 그대로의 너를 인정해 주는 사람을 존중하고 그들과 가까이해라.

네 여자 친구의 내면이 궁금하다면 그녀의 집을 찾아가라. 그녀의 습관과 일상이 집약된 곳이 그녀의 집이다. 마찬가지로 그녀의 과거와 미래가 궁금하다면 그녀의 부모를 만나라. 그들의 말과 행동이 곧 그녀가 가진 과거와 미래다. 혹 그녀가 부모의 가난과 직업을 부끄러워하거든, 고려해라. 나중에 네가 실패했을 때 너를 부끄러워할지도 모른다.

사랑한다고 가볍게 말하지 마라. 사랑한다는 말로 사랑이 표현될 수 있다는 생각은 슬프다. 세상에는 너무도 사랑이 흔해서 진짜를 구분하기가 어렵다. 자본주의가 생산하는 달콤한 동화에 속지 마라. 초콜릿우유처럼 유효기간이 있는 사랑은 사랑이 아니다. 사랑은 상상력이다. 인간이 죽을 때까지 할 수 있는 유일한 것이 사랑이다. 사랑은 대상으로부터 오는 것이 아니라 네가 생성해 내는 에너지다. '사랑의 상상'을 살아라.

  공부하는 것을 즐겨라. 남의 것을 베끼고 배우는 데에만 연연하지 말고, 네가 너의 질문을 만들어 너에게 묻고 너 스스로를 가르쳐라. 진정한 배움이란 배우는 것이 아니라 질문함으로써 가르치는 것이다. 학문과 이론의 틀에 갇히지 말고 자유롭고 전복적인 사유를 즐겨라. 삶이란 지체 높은 현학의 인용이 아니라 실제의 쓸모를 창의하는 것이다. 네가 너 자신의 원본이 되어라. 그것을 인생이라고 한다.

  너를 유혹하는 것들이 도처에 있을 것이다. 화려하고 중독적인 것들이 너를 들뜨게 할 것이다. 이 싸움의 승패는 네가 현실과 환상을 혼동하지 않고 직시할 수 있느냐에 달려 있다. 판타지는 아름다워 보이고 현실은 한없이 비루해 보일 것이다. 네가 주연배우로 무대에 서고 싶다면 어두운 무대 뒤에서 단역부터 차근차근 연습을 해야 한다. 인생에는 엘리베이터가 없다.

  너는 재미있게 살려고 태어났다. 재미가 없으면 삶의 의미도 없다. 재미있는 일이 없다면 세상에 없어서가 아니라 네가 찾아내지 못하고 있을 뿐이다. 악기도 배우고 야구도 하고 친구도 사귀고 요리도 해라. 그 모든 것에 재미가 숨어 있다. 찾아서 키우고 즐길 줄 아는 것도 능력이다. 어른이 돼서 일밖에 모르면 그건 무능한 것이다.

딸에게 주는 인생의 말들

네가 사람들에게 멋지다는 말을 듣고 살기를 바란다면 값비싼 장식품이나 성형술로 꾸미기보다는 다른 사람의 무엇이 멋진지 유심히 살펴보아라. 그리고 진심을 다해 그 사람에게 말해 주어라. "당신은 웃는 모습이 참 멋지군요!"

때로 늦는 것이 빨리 해내는 것보다 낫다. 신중해서 나쁠 건 없다. 깊게 생각하다가 기회를 놓쳤다면 그것은 정말 좋은 기회가 아니었다고 생각하면 된다. 기회는 다시 오지 않는다고 홈쇼핑 호스트처럼 말하는 사람을 조심해라. 너를 현혹해서 이득을 취하려는 사람들은 너를 초조하게 만들고 기회를 감추고 빼돌릴 것이다. 네가 언제라도 할 마음을 먹으면, 인생에는 기회라는 재고가 언제나 비축돼 있다.

그것만이 옳다고 단정적으로 말하지 마라. 상대방이 근거 있는 다른 의견을 제시할 때 그걸 포용할 수 있어야 네 주장도 존중받는다. 너는 네 입장에서 보는 것이고, 그는 그의 입장에서 보는 것이다. 그렇지 않다고 생각할 수도 있고, 네가 틀렸다고 믿는 사람도 있다는 걸 인정할 줄 알아야 한다. 그렇게 생각할 수도 있겠군요! 그런 방법도 있었군요! 그래야 어울려 살 수 있다.

단호하게 말해야 할 때가 있다. 네 남자친구가 너를 가볍게 여기고 존중하지 않을 때, 네 상사가 너를 인격적으로 대하지 않을 때, 너는 단호한 어조로 "나를 함부로 대하지 말라"고 경고해야 한다. 그 경고에도 그들이 주의하고 자신의 실수를 뉘우치지 않는다면 너는 그 친구나 직장을 잘못 선택한 것이다. 그들을 다루는 법, 그들을 대하는 원칙은 단 하나다. 한 번 두 번 물러서고 참아내면 그들이 옳은 것이 된다. 잃을 것을 두려워하지 말고 그 즉시 말해야 한다. 너를 지켜내면 아무것도 잃지 않은 것이 된다.

무슨 일을 하건 살펴가며 천천히 해라. 하수는 빨리 가려고 하지만, 고수는 완급을 조절하며 간다. 빨리 이룬 것들은 금

방 없어지거나 쉽게 무너진다. 인류가 이룬 지금의 모든 것들은 반복적으로 더디게 진행된 오랜 시행착오의 결과물들이다. 시간을 들여 천천히 발효되고 숙성된 것들은 썩지 않고 향기를 품는다. 성공도 관계도 다를 바 없다.

사람들은 편을 갈라 어느 한쪽에 선다. 이것도 저것도 아닌 그 가운데 사이에 서는 일은 거의 없다. 누군가가 지켜보고 있다면 더더욱 중간에 서지 않는다. 나는 강한 자들만이 경계에 설 수 있다고 생각한다. 어느 한쪽에 소속된다고 그 한쪽이 온전히 나의 힘이 되지는 않는다. 그건 그들의 힘일 뿐이다. 가끔은 경계에 서라. 서로가 너를 원할 때 어느 쪽 손을 들어줄지 네가 정하면 된다.

학교와 회사는 너에게 '어떻게' 잘 할 것인가를 가르치고 익히게 한다. 또 그것에 대해 끊임없이 물어오고 평가할 것이다. 네가 생각 없이 성실하게 살면 너는 곧 그 '어떻게'의 졸개가 되고 만다. 그 '어떻게' 속에 너의 인생은 생략돼 있다. 네가 아무리 능숙하게 '어떻게'에 통달한 사람이 되더라도 새로운 '어떻게'가 네 자리를 뺏을 것이다. '무엇을 위해' 그렇게 하고, '왜' 그렇게 해야 하는지를 생각하며 살아라. 그래야 스스로

에게 버림받는 일이 없게 된다. 목적을 알아야 행위가 쓸모를
가지게 된다.

　세상이 만들어둔 '성공'이라는 정의와 공식에 갇히지 마라.
성공이라는 표지판만 보고 내달리다 보면 낭떠러지를 만나도
멈출 줄 모르는 어리석음을 범하게 된다. 성공이 아닌 '성장'에
인생의 목표를 둬라. 성공은 남이 정해둔 결승점이지만, 성장
은 네가 이루어가는 과정이다. 성공은 성공을 위해 건강과 행
복을 저당 잡히지만, 성장은 항상 스스로를 아끼고 돌본다.

　매사에 심각하게 굴지 마라. 네가 걱정하는 대부분의 심각
한 일들은 실제로는 거의 일어나지 않는다. 밥을 버는 일은
너를 자주 경직되게 할 것이고, 너에게 에티켓과 애티튜드를
들이대며 감정 연출과 진지함을 요구할 것이다. 그럴 때마다
너는 이 말을 떠올려야 한다. 나는 어떤 경우에라도 '행복하게
살기 위해서' 이 행성에 왔다. 즐거움이 없다면 우리가 이 행
성을 여행할 이유가 전혀 없다.

　그 누구에게도 바쁘다는 핑계를 대지 마라. 바쁜 건 무능할
뿐더러 나쁜 것이다. 네가 바쁘게 살아서 얻은 수익으로 사들

이는 것들은 결국 네가 바쁘게 사느라 잃어버리거나 해친 것들이다. 네 건강과 가족과 친구와 인생. 정말로 소중한 것들은 전부 바쁘지 않은 세계에 속해 있다. 조금 덜 가지도록 애써라. 그래야 너는 누구에게든 "좋아, 나는 너와 함께할 시간이 있어!"라고 말할 수 있게 된다. 시간이 있는 사람만이 누군가를 좋아할 수 있다. 시간이 진심이다.

아이가 장난감을 멀리하는 순간부터 어린 시절과 작별하게 된다는 말이 있다. 나는 네가 장난감이 많은 어른이 되었으면 좋겠다. 유머와 농담 같은 것, 풍부한 얘깃거리 같은 게 어른의 장난감이다. 어른들은 나이가 들수록 험담은 늘고 장난감은 준다. 가벼운 장난과 부드러운 농담은 경직돼 가는 몸과 마음을 유연하게 만든다. 썰렁해도 누군가는 웃어준다.

입은 무거우면 좋다. 네가 비밀로 간직하고 지켜줘야 할 말이라면 그 어떤 친구에게도 옮기지 마라. '너만 알고 있어!'라는 말은 말을 옮기는 친구도 다른 친구에게 항상 하는 말이라는 걸 명심해라. 단 한 사람이 어느 때는 세상 전체가 되기도 한다. 세상 전부를 잃고 싶지 않으면 아무리 작고 사소한 비밀이라도 지켜야 한다. 입방정이 친구를 잃게 만든다.

네가 살아갈수록 고마워할 사람이 많다면 너는 괜찮은 삶을 살고 있는 것이다. 네가 살아갈수록 너에게 고마워하는 사람이 많다면 너는 꽤 좋은 삶을 살고 있는 것이다. 바로 곁에서 도움을 주는 사람뿐만 아니라 보이지 않게 돕는 이들에게 잊지 말고 고마움을 전해라. 고마워할 때는 진심을 다해 행동으로 표현해라. 사람들은 그 표현을 인격으로 간주한다.

어떤 사람들은 힘들 때 앓는 소리를 한다. 죽고 싶다거나, 내 팔자 탓이라거나. 사람은 곤경에 처하고 절망적인 상황에 놓였을 때 비로소 그가 어떤 사람인지 드러난다. 잦은 한숨과 한탄과 푸념은 그 사람의 운명에 달라붙기도 한다. 그러므로 절망의 말들을 습관적으로 내뱉지 말아야 한다. 기억해 둬라. 삶은 자신이 자주 쓰는 말버릇대로 된다.

어떤 것들은 정말 죽을 때까지 잘 변하지 않는다. 성격이나 취향은 잘 변하지 않는다. 처음부터 그렇게 가진 개성이 그 사람이다. 새로운 변화를 추구해야 하는 건 맞지만 변화가 항상 좋은 것만은 아니다. 또 추구한다고 모든 게 변화되지도 않는다. 바꿈의 대상이 아니라 받아들여야 하는 대상도 있다. 둘 다 어렵다. 네가 다른 걸 잘 못 받아들이듯이 억지로 남을

바꾸려 들지도 마라. 하물며 강아지도 겉만 길든다. 야생의
본성은 바꾸지 못한다.

하필이면 왜 내게 이런 일이 일어났는지, 도무지 용납할 수
도 용서할 수도 이해할 수도 없는 일이 있다. 불확실하고 불
완전하고 때로 예외적이어서 삶이다. 그 일이 돈으로 수습될
수 있다면 참으로 다행이라고 여기면 된다. 교통사고가 그렇
듯 대부분의 일들은 'You First!'에 달려 있다. 양보하고 배려
했다면 일어나지 않았을 수도 있다. 그러나 이미 일어난 일이
라면, 누구를 탓하거나 자책하지 말고 담담히 받아들일 줄도
알아야 한다. 왜 그 일이 나에게 닥쳤는지는 나중에 시간이
알려줄 것이다. 지금 모든 것을 다 알 수는 없다. 어떤 것은
기다림에게 맡겨라.

선배에게 드리는 충고

왜 자주 전화하지 않느냐고 삐치지 마세요. 후배에게도 후
배의 사생활이 있답니다. 필요할 때만 전화하냐고도 하지 마
세요. 아직 선배가 쓸모 있는 존재라는 증거니까 서운해하지
마세요. 외로움을 받아들이셔야 합니다.

마냥 기다리고만 있지 마세요. 넋 놓고 기다리는 모습은 자
신 없어 보이고 추레합니다. 자식도 친구도 후배도 기다린다
고 찾아오지 않습니다. 이젠 선배가 먼저 전화하셔서 보고 싶
다고, 만나자고 해야 합니다. 시간은 선배가 훨씬 더 많고, 그
동안 베풀었으므로 만나자고 할 권리가 있습니다. 다만 거절
당해도 당황하지 말아야 합니다.

밥값이며 술값을 언제나 선배가 다 내려고 하지 마세요. 그

런 객기 안 부리셔도 됩니다. 후배들이 돌아가며 낼 수 있도록 양보도 해 주세요. 나이 들수록 입 대신 지갑을 열라는 말이 있지만, 지갑만큼 귀를 크게 여시고 마음을 넓게 열어서 후배들과 어울리시면 됩니다. 혼자 좌중을 이끌지 마시고, 혼자 주인공이 되려고 하지 마세요. 빨리 외로워집니다.

눈물 글썽이셔도 됩니다. 후배 앞이라고 창피해할 필요 없습니다. 역경을 헤쳐온 험난한 인생사를 듣고 있노라면 가슴이 먹먹해집니다. 자기감정에 솔직해지는 것, 쉽지 않습니다. 그거 인간답고 아름다운 일입니다. 다만, 레퍼토리 좀 다른 걸로 바꿔주던지 편집 좀 재미있게 해 주세요.

만나고 싶지 않은 선배가 있습니다. 세상에서 가장 작고 강한 무기가 뭔지 아세요? 제 생각에는 책입니다. 책을 읽지 않는 어른은 답답하고 고루해 보입니다. 같이 얘기해 보면 금세 화제가 바닥을 보입니다. 책을 읽는다는 건 시대를 같이 산다는 것이고, 세상사에 참여한다는 것이고, 자기 자신의 생각을 가진다는 것이잖아요. 선배의 조리 있고 균형 잡힌 관점을 들을 때 자주 만나고 싶어집니다.

회사에 올 때 아무 옷이나 입고 오지 마세요. 멋 좀 부리고 오세요. 긴장이 없어 보여서, 곧 떠날 것처럼 보여서 불쌍하고 불안합니다. 점심 먹고 배 나온다고 허리 벨트 풀지 마세요. 바지 허릿단을 늘리시든지 헬스장 가서 원상 복구 좀 하세요. 단정하게 회사에 나오는 선배의 모습이 보고 싶습니다. 자기 관리는 필수입니다.

자식 자랑, 부인 자랑 좋습니다. 행복해 보여서 좋습니다. 부럽고 멋진 인생입니다. 그런데 선은 넘지 마세요. 부동산이 또 얼마가 올랐다느니, 고가의 양주를 마셔봤다느니, 상속받을 유산이 얼마라느니, 아는 사람이 누구라느니. 그런 말은 안 들은 걸로 하겠습니다. 선배의 재산이나 선배가 아는 사람이 아니라 선배를 좋아하게 해 주세요. 돈 벌었으면 자랑만 말고 쇠고기나 사주던가요.

대통령이나 정치인들 하는 꼴이 영 마뜩치 않은 것 잘 압니다. 그렇다고 가짜뉴스나 지라시 같은 얘기들 토해내며 쌍욕을 날리지 않으셨으면 좋겠습니다. 어느 쪽을 지지하고 찍었든 채신머리를 지켰으면 좋겠습니다. 부화뇌동하지 않고 억지 쓰지 않고 상식적인 견해를 편다면 저는 언제든지 선배의 의

견에 귀 기울일 준비가 돼 있습니다.

식당에 가서 먼저 메뉴 정하지 마세요. 일행에게 물어봐 주세요. 선택권도 슬슬 넘겨보세요. 새로 개척한 맛집에 데려가 주세요. 새로 시작한 공부와 새로 시작한 운동에 대해서 들려주세요. 나는 아직 도전 중이고 나는 아직 설레고 있다고. 선배의 권위 말고 건재함을 보여주세요.

이젠 무표정도 근엄함도 기계적인 성실성도 떼어내세요. 체면 차리지 말고 염치없어하지 마세요. 아이와 장난도 치고 아내에게 애교도 떨고 시시콜콜한 모임에도 나가시고 SNS도 해보세요. 문학 강연도 가보고 음악회도 가보고 전시회도 가보세요. 제발 가장 늦게까지 회사에 남아 있지 마세요. 제발 가장 빨리 회사에 나오지 마세요.

사표를 쓰는 일의 외로움

마침내 회사를 관둬야겠다고 마음을 정했다. 변심하기 전에 사표를 써서 책상 서랍 안에 넣었다. 이제 언제 사표를 던질까 하는 시기만 남은 것이다. 코너스툴에 앉아 다음 라운드를 기다릴 때가 아니라, 상대방을 그로기 상태로 몰아 마지막 카운터펀치를 날려야 할 순간에 사표를 던지리라 결심했다. 참고 참았던 월급벌레의 수모를 통쾌하게 갚아주리라. 그러려면 사표 이후의 사후 대책이 든든하게 수립돼 있어야 한다.

지구인이 회사에 사표를 내는 이유는 천 가지도 넘겠지만, 대개는 원치 않는데 어쩔 수 없이 내는 경우가 가장 많을 것이다. 물론 충동적으로 사표를 쓰는 경우도 있겠지만, 그 충동의 기저에는 쌓인 괴로움과 상처받은 자존심이 깔려 있을 것이다. 그래서 사표는 인간답게 살고 싶다는 절규이고, 아직 죽지 않고 살아 있다는 증표이고, 제발 한 번만 살려달라는 애원이기도 하다.

나는 사표를 낼 때 언제나 당당했다. 대책을 세우고 사표를 쓰는 신중한 타입이었기 때문이다. 그런데 이번에는 그렇지 못했다. 갈 곳이 모호했다. 회사를 옮겨가기 위한 사표가 아니라 알 수 없는 미래를 향해 도전장을 내미는 출사표 같은 사표였다. 창업이라는 직업은 세상에서 가장 불안하고 열악한 조건으로 창업자를 고용한다. 어떤 실체적인 지위나 보상은커녕 생사의 존립 자체조차 보장하지 않는다. 그 불안한 도전장이 내 서랍 안에 웅크리고 있었던 것이다.

때아닌 방황의 시간이 내게 찾아왔다. 수많은 자기계발서에는 익숙한 것과 결별하고 낯선 것에 과감하게 도전하는 정신, 위기를 기회로 바꾸는 뜨거운 열정과 담대한 용기가 성공의 열쇠라고 적혀 있다. 그러나 실제에서는 그런 멋진 말들이 아무런 쓸모가 없다는 걸 누구나 알고 있다. 혼자 나서는 길은 막막하고 두렵고 외롭다. 나는 나를 챙기고 준비했다. 눈치 보지 않고 정시에 출근하고 정시에 퇴근했다. 사표를 품고 있으니 그렇게 해도 마음이 편했다. 예전처럼 회사 일에 목매달지 않았다. 정확하게는 더 높은 자리와 더 많은 월급을 위해 밟아대던 인사고과와 매출 수치의 페달에서 발을 뗀 것이다. 속도를 늦추고 마음을 비우니 안 보이던 것들이 보이기 시작했다. 내게 조금이라도 유리하고 이익이 되는 방향으로 처리했던 일들을 동료나 부하직원들에게 도움이 되는 방향으로 처리하고, 애착을 보였던 프로젝트도 더 잘할 것 같은 후배에게 흔쾌히 넘겨줬다. 상사를 대할 때도 나를 평가하고 감시하는 관리자가 아니라 고생해서 먼저 저 자리에 오른 선배로서 연민과 존중의 마음을 갖고 대했다.

더 이상 사장 앞에서 주눅 들 필요도 아부를 떨 필요도 없었다. 간부회의에서도 문제점에 대해 눈치만 살피고 있는 부서장들을 대신해 거침없이 내 의견을 피력했다. 어떤 일들에서 내가 한쪽으로 치우쳐 있는지가 보였고, 편견과 사심을 가지고 처리했던 불공정한 일들이 객관적으로 보였다. 나는 균형 잡힌 시각으로 문제점을 보완했고, 대안을 제시했다. 사사로운 개인의 관점이 아니라 기업의 존재 이유와 사회에 대한 기여의 차원에서 의미 있는 일인가를 생각하고 처리했다. 관성적으로 수행해 왔던 일들을 내가 경영자라는 생각으로 바라보고 결정했다. 나는 그렇게 내심 경영수업을 하고 있었다.

그렇게 시간이 흘러가는 동안, 나는 잃어버렸던 나의 유능함을 되찾아 갔다. 멋지게 사표를 던지려고 기회를 엿보고 있었을 뿐인데, 나는 점점 쓸모 있는 인재가 되어가고 있었다. 지랄, 나는 이러지도 저러지도 못하고 회사에서는 유능하고 긍정적인 직장인으로, 퇴근 후에는 내 회사를 구상하고 세우고 허물고 다시 짓는 경영자의 삶을 살았다. 통쾌하게 사표를 던지려던 나의 계획은 물거품이 되고 말았다. 회사가 붙잡고 동료들이 애통해하는 가운데 한없이 미안한 마음으로 머리를 조아리며 사표를 내밀어야 했다. 나는 안다. 사표를 던지는 일은 어떤 경우에든 힘들고 외롭고 곤혹스러운 일임을.

　그 후 나는 내 회사를 만들고 그 회사의 일꾼이 되었지만 여전히 사표를 품고 산다. 여차하면 사장 얼굴에 카운터펀치를 날릴 생각으로 산다. 그러면 좀 살살 액셀을 밟게 된다.

너의 사명이 무엇이냐

오래 공들인 저자가 있었다. 그의 글이 참 좋았다. 그의 글은 갓 도정한 찹쌀로 지은 밥처럼 윤기가 흐르고 차졌다. 그의 글에서는 어머니가 새로 꺼내 입은 한복 냄새가 났다. 나는 그의 문장을 훔치고 싶었다. 나는 그의 책을 만들어 내가 다다를 수 없는 문장의 끝을 완성하고 싶었다. 나는 그를 흠모했다. 나는 그의 곁을 맴돌았다. 충분히 그와 교감했다고 생각했다. 그러나 그는 아주 조금씩만 곁을 내주는 애인처럼 나를 애태웠다. 나는 그것이 그와 내가 연애하는 방식이라고 믿었다.

그러나 무너지지 않는 탑은 없다. 무너질 때는 너무나 허무하게 무너져 내린다. 그래도 무너지기 전까지는 완성되리라 믿으며 쌓아 올리는 게 인간의 일 아니겠는가. 나는 끝내 그의 글을 내 손으로 다듬어 볼 수 있는 영광을 가지지 못했다. 규모가 큰 출판회사에서 책이 나올 거라는 얘기를 나중에 전해 들었다. 자본이 그의 글을 더 돋보이게 할 것이다. 그의 문장이 잘 맞는 연애 상대를 만났으니 좋겠다, 잘됐다고 말하는 것은 실연당한 자의 궁색한 변명이고 나의 위선이다. 괜찮다고 잘하셨다고 그에게 웃으며 말했지만, 풀썩 떨어져 내리는 동백꽃처럼 나는 붉게 아팠다.

어느 식자 한 분이 내게 책바치로서의 사명이 뭐냐고 물어온 적이 있다. 근본을 묻는 질문이다. 이런 질문은 사람을 졸아들게 만든다. 그럴 경우를 대비해서 대부분의 출판업자들은 자신이 발행하는 책 판권면에 근사한 말 한 줄씩을 써넣어 둔다. 독자의 유익을 위해서라거나, 인류와 세계의 지적 풍요를 위해서라거나, 백 년의 미래를 꿈꾼다거나. 내가 만드는 책에는 그런 아름답게 모호한, 그런 거룩하게 실체 없는 슬로건이 없다. 나는 설명하기 어려운 고상함이 나의 사명을 대신할 수 없다고 믿는다. 나의 사명은 속되고 명징하다. 그것은 모호한 미래나 독자를 향해 있지 않다. 나는 고통 속에 생산된, 아프고 아프게 하는 글의 저작자에게 오롯이 복무할 뿐이다.

"나는 오직 저자의 글 값에 값한다!"

갑과 을에 관한 정의

세상이 자꾸 물구나무를 선다. 자신이 갑인지 을인지도 모르고 까부는 자들이 많다. 갑과 을은 고정되지 않는다. 어느 때는 갑이 되고 또 어느 때는 을이 된다. 영원한 것은 없다. 갑과 을이라는 관계 자체는 따지고 보면 권력 관계가 될 이유가 없다. 누구나 필요한 게 있고 필요한 걸 갖고 있는 사람이 있고, 그걸 어느 때는 내가 주고, 어느 때는 상대방이 주는 그차이일 뿐이다. 세상의 이치가 그렇다.

나는 갑과 을이 잘 구분되지 않을 때 인사의 각도로 갑을의 위치를 판별한다. 이를테면, 나는 글을 쓰고 책을 만드는 사람이다. 생산자다. 생산자는 책을 팔아야 먹고 살 수 있으므로 서점에 영업하러 가야 한다. 서점에 기자가 와 있다. 신간 소식을 전하기 위해서다. 나는 그에게 15도로 인사한다.

내가 신간 정보를 제공하지 않으면 그는 기사를 쓰지 못하고 밥을 굶게 된다. 나의 을이다. 나는 서점 직원에게 30도로 인사한다. 그도 나의 을이다. 내가 책을 보내주지 않으면 그도 영락없이 밥을 굶는다. 그에게 기자보다 15도 더 굽히는 이유는 그는 더 힘들게 일하지만 더 적은 보수를 받으며 나를 돕기 때문이다. 책을 사는 독자에게 나는 90도로 굽힌다. 그는 나로 인해 지식과 교양을 수혈받는 가장 아랫단에 위치한 을이다. 그는 나의 책을 가져가는 대신, 지갑을 열어 자신의 밥을 내게 내놓는 사람이다. 나는 가장 깊이 굽혀 그에게 감사하는 것이다. 을들이 나를 먹여 살린다.

나의 갑의 위치는 저자에게 가서 을로 바뀐다. 나는 갑에게 가서 당당하게 그의 인격의 각도만큼 구부린 인사를 받는다. 왜냐하면 나는 그의 원고를 다듬어주는 사람이고, 반듯한 책으로 엮어주는 사람이고, 또 그를 위해 이미 나의 을들에게 충분히 굽혔기 때문이다. 내가 그에게 밥을 벌어주므로 그는 나에게 허리를 굽히고 고맙게 밥을 사야 한다.

사람 사는 세상에 어쩔 수 없이 서열 같은 것, 계급 같은 것이 있어야 한다면, 갑과 을의 관계는 나의 이 정의가 상식적이고 타당해야 할 것이다. 내가 아는 어떤 대통령은 대국 대통령에게는 허리 굽히지 않고 거리에서 만나는 자기 나라 시민에게는 90도로 굽혀 인사를 하곤 했다. 그 사람들이 뽑아주고 세금 내주고 아이 낳아주고 회사 가서 일해 주고도 갑들에게 아무런 인사치레도 못 받고 사는 을인 것을 그는 알았던 것이다.

자신이 을인 줄 모르고 갑처럼 행동하는 을들과, 자신이 을 덕분에 먹고사는지도 모르는 갑들 때문에 내 인사의 각도는 오늘도 아부하는 듯이 비굴 모드인 듯이 자꾸만 헷갈린다.

사랑하는 태주 씨

　업무상 신문사에 가는 일이 잦다. 아는 기자에게 데스크
나 팀장을 소개해 달라고 하면 그들은 나를 데려가서 '선배!'
라거나, '부장!' 하고 부르고는 인사를 시켜준다. '님'자를 뒤
에 붙이지 않는다. 지금은 이 호칭법에 익숙해졌지만 처음에
는 의아했다. 선배 기자들이 신입 기자들에게 대통령과 악수
할 때도 고개를 숙이지 말고, 대기업 회장에게도 함부로 고개
숙이지 말라고 가르친다는 걸 알게 됐다. '님'자를 붙이는 순
간 상하 관계가 성립되고, 기자의 본분을 잊게 된다는 의미였
다. 고개가 절로 끄덕여졌다. 모름지기 정론직필의 펜을 들어
야 하는 자는 어떠한 권력이나 금권 앞에서도 타협하거나 비
굴해지면 안 되는 것이다.

　인하대 최원식 교수가 '우리 사회의 호칭 인플레이션'에 대

해 질타하며 쓴 통렬한 글을 보았다. 나를 비롯해 한국 사람들은 잘 모르는 사람에게도 '선생님'이나 '사장님'이라고 부른다. 습관적으로 통용되는 거라서 사회 관념상 문제될 건 없지만, 호칭 인플레의 거품을 빼고 '씨'로 불러도 아무렇지도 않은 사회가 더 성숙하고 열린 사회일 것이다.

최원식 교수의 말에 따르면 원래 '씨氏'는 막말이 아니라 대접하는 말이라고 한다. 상대방이 내 성씨를 물어오면 내가 내 성을 일컬을 땐 '가哥'를 붙이는 것이 예의라고 한다. 한국 못지않게 존비법이 발달하고, 예의를 차린다고 연신 굽신거리는 일본조차도 우리로 치면 '씨'에 해당하는 '상(さん)'을 아무렇지 않게 사용한다. 수상에게도, 자기 회사 사장에게도 '상'이라는 호칭을 붙인다. 속이야 어떻건 일본인들은 '선생'에 '님'(樣, さま)을 붙이지 않는다고 한다.

우리도 원래 '선생님'보다 '선생'이 훨씬 격이 높았다. 백범 김구 선생은 '선생'이지 '선생님'이 아니며, 적의 동태를 살피고 온 정찰병이 이순신 장군을 '장군!' 하고 부르지 촌스럽게 '장군님!'이라고 부르지 않는다. 궁중에서도 지존에게는 '상감마마' '대비마마' 하고 '마마'를 붙이지만, 상궁에게는 '님'을 붙여 '마마님'이라고 불렀다. '님'자를 붙이면 아래가 된다.

가깝지 않은 친구들이 나를 부를 땐 '태주 씨'가 제일 적당하고 좋겠다. 그게 영 어색하고 무안하면 '작가님' 정도면 족하다. 교사도 아닌데 '선생님'도 그렇고, '선생'은 고결한 위인들을 욕 먹이는 것 같아 당치 않다. 자판 두드리기 귀찮고 바쁜 시대이고 압축 성장 시대이니 애교 있게 '샘'까지는 봐줄 만하다. 샘물도 연상되고 친근감도 샘솟고 좋다.

나는 가끔씩 애정을 듬뿍 담아 아내에게 씨를 붙여 이름을 부른다. 아내가 좋아하는지 어떤지는 모르지만 그렇게 부르는 데는 나름의 이유가 있다. 항상 누구의 아내, 누구의 엄마로만 불리고, 부부 관계에서도 이름은 사라지고 '여보'라는 호칭으로 불리는 사람이다. 연애하던 시절, 그러니까 정확하게는 서로가 독립적인 개별자였을 때 불리던 이름을 호명함으로써 스스로를 각성하게 하려는 효과를 노린 것이다. 우리는 누구나 고유한 각자의 별이니까.

보고 싶은 태주 씨! 나는 이 말이 제일 듣고 싶다. 보드라운 봄볕처럼 쓰다듬어주고 싶은 호칭이다. 민낯이 가장 예쁜 효리 씨, 당신은 안 그런가요?

미치기 좋은 직업

날씨가 요망하다. 늦겨울이라고 하기도, 초봄이라고 하기도 애매한 시기. 사람이나 날씨나 변덕을 조심해야 한다. 오늘은 공연히 진다. 딱 미치기 좋다. 난 여간해서는 우울할 겨를이 없는 사람인데 오늘은 동백꽃 지듯이 진다.

대출받은 차입금 변제 기일을 일 년 더 연장하려고 오전에 보증기관에 다녀왔다. 회사에 대해 연대책임을 지겠다는 보증 서류에 내 이름을 적고 인주를 발라 도장을 찍었다. 나에 대해서는 누가 연대보증을 해 주는 걸까. 나는 내가 나를 버리고 도망가지 않게, 스스로를 책임지는 일에 게으르지 않게 늘 감시해야 한다.

기관은 나의 성실성을 내가 벌어들인 매출액의 크기로 평가한다. 나는 공작새처럼 허리와 목을 꼿꼿이 세우고 한껏 차려입고 갔다.

"잘하고 계십니다. 내년에 다시 뵙죠."

기관 사람과 악수를 나누고 밖으로 나오니 하늘이 미치기 좋게 흐리다. 중식당에 들어가 뜨거운 사천탕면 국물로 점심을 면했다. 다행히 미치지 않고 사무실로 복귀했다.

저녁에는 날씨가 급격히 캄캄해지고 차가워졌다. 나의 내면도 따라서 흐려졌다. 잘 참는가 싶었던 하늘이 끝내 멍든 낙과처럼 흐느꼈다. 굵은 봄눈이 수제비를 떼어 던지듯 뚝뚝 떨어졌다. 나는 허기를 느꼈던 것인데, 식욕은 외로움도 불렀다. 때마침 친구에게서 전화가 와 무교동 거리로 나섰다. 한동안 못 봤던 친구가 술집에 앉아 있었다. 그동안 신수가 나아졌는지 말쑥해 보였다. 말씨도 차분하고 고와졌다. 텔레비전 프로그램에 패널로 나간 덕분일 것이다. 친구는 처음에 방송 출연 제의를 거절했다고 한다. 그런데 방송국 사람과 통화하는 걸 듣고 있던 아들 녀석이 아빠에게 사정하듯이 부탁했다고 한다.

"아빠, 나를 위해 나가주면 안 돼? 앞으로 진짜 아빠 말 잘 들을게."

친구는 오래도록 백수로 지냈다. 대인공포증이 있었던 친구는 그 어색하고 식은땀 나는 데를 나가기로 결심했다고 한다. 우리 아빠도 일하러 다닌다고 친구들에게 자랑하고 싶었을 아들을 위해서. 나는 친구의 이야기가 갸륵하고 눈물겨워서 마땅히 술값을 치렀다.

미치기 좋은 두 종류의 직업인이 있다. 하나는 가족의 눈치를 봐야 하는 비자발적 실업자이고, 하나는 은행의 눈치를 봐야 하는 비자립적 사업자다. 꽃샘주의보가 내렸다. 희망이 정확하게 가늠되지 않는 이 은미한 시대에도 직업인들은 미치지 않고 용케 견디며 살아남아, 봄으로 출근한다.

생활인의 순수

　신문사에 갔다. 내가 만든 책을 홍보하기 위해서 자존심을 팔았다. 아니, 팔고 싶었다. 그러나 팔지 못했다. 이미 너무 팔아서 값어치가 없는 걸 나 자신이 알아버렸다. 돌아오는 길에 처절하게 반성했다. 함부로 자존심을 내돌린 것에 대해서가 아니라, 영혼을 팔 생각을 하지 못한 것을. 한 번도 팔아본 적 없어 제법 값이 나갈 나의 신선한 영혼을. 나는 아직 직업인으로서 자세가 안 돼 있는 것이다. 생활인으로서 순수하지 못한 것이다. 영혼을 끌어모아 덤비지 않으면 이룰 수 있는 게 자본 세계에서는 하나도 없다. 나는 나의 미련한 순수가 서러워서 차를 세우고 흐려지는 시야를 문질러 닦았다.

　어떤 저자가 내게 불쑥 전화해서 말했다.
　"왜 자네는 내게 책 내자고 말하지 않느냐? 다른 데서는 계약하자고 덤비는데 말이야."

나는 가슴 먹먹하면서도 바보같이 대답했다.

"선생님 글을 너무 좋아해서요. 저는 아직 실력이 안 되잖아요. 좋은 데서 내셔야죠. 언젠가 꼭 연락드릴게요."

십중팔구 나는 그를 놓칠 것이다. 기다려주는 저자는 세상에 없고, 나는 순수하지 못한 업자이므로. 독자는 이기는 삶을 살기를 원하고, 나는 이기는 법에 대한 책을 만들어야 한다. 나는 이기는 삶을 도와줄 저자를 만나야 하지만 정작 나는 이기는 삶을 피한다. 나는 용기가 없고 순수하지 못하다. 그래서 나의 밥은 자주 시무룩해진다.

무려 오 년이다. 그녀의 원고가 들어왔다. 오 년 전 어느 날 지나가는 말로 그녀에게 말했다. '언젠가 당신은 저자가 될 것이다. 당신은 글을 쓸 수밖에 없는 운명이니 지금부터 써라. 그러면 내가 당신의 책을 내주겠다.' 그런 가벼운 말을 잊지 않으려고 우리는 연락을 주고받고 이따금 만나 시시콜콜한 잡담을 나누며 밥을 먹곤 했다. 지나가는 가벼운 말을 무겁게 붙들고 살아온 셈이다. 출판업자는 원고의 질로 판단해야 하는데 내가 뱉은 말에 책임을 느끼며 안도하고 있는 것이다. 그러므로 나는 순수하지도 영리하지도 않은 생활인이고,

무능력한 사업자인 것이다. 의문이다. 대체 이 많은 나의 밥들은 어디에서 오는 것일까.

꿈꾸기를 강요하는 사회

　대학 졸업을 앞둔 젊은 친구와 꿈에 대해 이야기를 나누게 되었다.

　"아저씨는 사업가의 꿈을 이루셔서 좋겠어요. 새로운 꿈이 있나요?"

　"넌 어떤 꿈을 갖고 있니?"

　"아직 찾고 있어요. 내가 좋아하고 가슴 뛰는 그런 일을 하고 싶어요."

　"멋지구나. 그런데 그걸 못 찾으면 어떡하려고?"

　"아닌 걸 기웃거리다 실패하는 것보다 제대로 만날 때까지 기다리는 게 나을 것 같아요."

　"현명하구나. 내 새로운 꿈이 뭐냐고 물었지? 난 더 이상 꿈을 안 꿔. 꿈이 없는 사람이라 슬퍼 보이니?"

　"네, 의외네요. 꿈을 포기해 버린 건가요?"

"아냐. 난 이미 꿈을 찾았고, 그 꿈을 현실에서 살고 있어. 꿈이 없는 사람이거나 꿈을 좇는 사람이 아니라 꿈을 완성해가고 있는 거지. 가슴이 뛰었냐고? 아니. 꿈인 줄 알았는데 고달픈 일이었어. 가슴이 뛰기는커녕 답답했어. 꿈은 회사 담장 밖에, 내가 하지 않는 일 속에 늘 살고 있었어. 그래서 내 일을 할수록 괴로웠지."

"그런데 왜 그 일을 계속하셨어요?"

"담장 밖에 있는 그들도 나처럼 다른 꿈 때문에 힘들어하는 걸 알았으니까. 어떤 일, 어떤 꿈이냐가 중요한 게 아니라 내가 하는 일을 좋아할 줄 아느냐가 더 중요하다는 것을 알게 됐어. 처음부터 가슴 뛰는 꿈은 없어. 그건 말 좋아하는 사람들이 만든 수사일 뿐이야. 내가 무언가를 진심으로 좋아하고 재밌게 하다 보면 어느 날 가슴 뛰는 그런 순간이 와."

"그럼 꿈을 좇지 말라고요?"

"그래. 꿈을 파는 가게도, 꿈을 제조하는 공장도 세상엔 없어. 네가 네 꿈의 설계자고 생산자니까. 처음엔 어설프겠지만 네 것을 만들어서 혼을 불어넣어 봐. 그러면 언젠가는 네가 그 꿈이 될 거고, 꿈이 너의 심장이 되어 두근거리게 될 거야."

"스스로 처음이 되어 이루어가라는 말씀인가요?"

"그래. 꿈에게 권능을 부여하지 마. 꿈의 노예가 되고 싶지 않다면. 꿈이 없어서 초라한 게 아니라 꿈이 너무 막강하고 화려해서 공허한 것인지도 몰라."

"아저씨 말씀을 들으니 마음이 가벼워졌어요. 꿈이 너무 무거웠거든요."

"다행이구나. 그런데 네 부모님에게 내가 이런 말 했다고 이르면 안 된다. 알았지?"

"네, 알아요. 좋은 말은 하기는 쉬운데 책임지기는 어렵더라고요."

청탁의 기술

여름철에는 원고 청탁을 받지 않는 게 상책이다. 나는 어떻게든 쓸 수 없는 이유를 만들어 어렵사리 거절에 성공한다. 여름에 원고를 쓰는 일은 정말 짜증 나고 잔인하다. 이를 알고 청탁하는 입장에서도 청탁술이 진화한다. 여름 원고를 봄에 일찌감치 청탁해 두거나 연간 계약으로 주기적으로 쓰게 묶어둔다.

원고 쓸 일이 없다고 방심하고 있다가 폭염에 두 개의 마감 날짜를 독촉받고 보니 야자수나 폭포수 아래로 입원하기 일보 직전이다. 독 오른 까치살모사처럼, 고슴도치처럼 가시가 돋는다. 누구든 건드리면 사정없이 찔러버릴 것 같다. 심호흡을 하고 정신을 가다듬자, 몸가짐을 조심하자, 제발 오늘만 잘 넘기자.

간신히 나를 냉동시키고 있는데 한 매체의 주간으로부터 전화가 왔다. 나는 받기를 망설였다. 또 청탁이란 말인가. 주저하다가 마지못해 전화를 받았다. 다행히 청탁 전화가 아니었다. 저번 달에 써 보낸 원고료를 지급하겠다고 계좌번호를 알려달라는 전화였다. 나는 원고료를 받지 않겠다고 사양했다. 그랬더니 원고료 지급은 원칙이라서 그럴 수 없다고 했다. 이것 봐라! 나는 지기 싫어서 원고료를 보내면 앞으론 원고 청탁을 받지 않겠다고 버텼다. 원칙을 무너뜨리는 필자의 원고는 앞으론 싣지 않겠다고 저쪽에서 더 세게 나왔다. 나는 어쩔 수 없이 계좌번호를 불러주고 말았다.

도움을 많이 받은 매체라 고마운 마음에 원고를 써줬을 뿐인데, 좋은 매체는 항상 반듯하고 아름다운 원칙을 가지고 있다. 이런 나쁜 매체들의 꾐에 빠져 나는 또 한여름의 원고 청탁에 넘어가고 마는 것이다. 나의 유약함이 참으로 슬프다.

야매 작가의 글쓰기 조언

　직업이 직업인지라 글쓰기에 대해 조언할 일이 참 많다. 어디 강연을 가도 질문 시간에는 꼭 글 잘 쓰는 비결을 묻는 사람들이 있다. 나는 국문학을 전공한 바도 없고, 문예창작 수업을 받은 적도 없다. 그런데도 발행인이라는 이유로 전문적인 지식을 가지고 있을 거라는 믿음이 있는 모양이다. 까닭에 나는 잘 모르는 분야라고 대답을 피하거나 겸양을 가장할 처지가 못 된다. 어쩔 수 없이 나는 아는 척할 수밖에 없는데, 나 같은 무자격자를 돌팔이, 혹은 야매라고 한다. 나는 '촌스럽고 어리석다'는 뜻으로 국어사전에 등재돼 있는 이 야매라는 말이 좋다. 어리숙한 무자격자지만 실전 경험이 많은 야매만이 할 수 있는 얘기들이 있겠다. 도움이 될까 싶어 글쓰기에 관한 조언 몇 가지를 들려드린다.

질문1 _ 어떻게 하면 글을 잘 쓸 수 있나요?

이런 질문을 참 많이 받습니다만 참 막연합니다. 그래서 답도 애매하게 할 수밖에 없어 별로 도움이 안 됩니다. 이 질문을 제대로 정의해 보면 의외로 쉽게 답을 얻을 수 있습니다. 글은 누구나 씁니다. 유치원 때부터 배웠으니까요. 핵심은 '잘'에 있습니다. 잘 쓰고 싶다는 말은 나를 잘 표현하고 싶다는 말입니다. 타인들 앞에 나를 좋아 보이게 드러내 인정받고 싶다는 욕구입니다. 그래서 '잘'은 화장을 하는 것과 같습니다. 가릴 건 가리고 좋은 건 돋보이게 꾸며내는 겁니다. 나를 표현하려면 내 안에 든 것들을 선별해서 골라야 합니다. 너무 복잡하고 많아서 한꺼번에 다 표현할 수 없으니 글의 주제나 상황에 맞게 골라내야 합니다. 어떤 특성에 집중하고 어떤 감정을 부각할지 선택해야 합니다. 평소에 나를 관찰하고, 일어나는 일이나 떠오르는 생각에 관심을 갖고 살펴보는 습관을 들이면 좋습니다. 그래서 글을 쓰려면 혼자 있는 시간을 갖는 게 좋다고 하는 것입니다. 글을 쓰다 보면 내가 부족한 부분이 무엇인지 알게 되고, 나를 구성하는 세계나 사회에 대한 관심도 커집니다. 잘 쓰려면 잘 살아야 합니다. 잘 살기 위해서는 가장 먼저 나 자신과 친하게 지내야 합니다. 어려운 말이지만, 좋은 글은 곧 좋은 삶에서 나옵니다.

질문2 _ 기술적인 측면에서 '잘' 쓰지 못하는 이유는 무엇일까요?

글쓰기 능력이 학생 시절의 수준에서 멈췄기 때문입니다. 글을 쓸 필요를 느끼지 못했을 수도 있고, 살기 바빠서 그랬을 수도 있고, 배우지 않아도 저절로 써지는 거라고 생각했을 수도 있고. 아무튼 여러 이유로 글쓰기 공부가 학교 졸업과 동시에 중단됐을 겁니다. 글쓰기를 배운다는 것은 지식을 습득하는 게 아니라 몸을 써서 훈련하고 숙련한다는 의미에 가깝습니다. 연습과 훈련은 체계적이고 집중적이어야 실력이 향상됩니다. 향상의 과정에 필요한 것은 목적의식입니다. 우리가 오랫동안 운전을 해왔지만 카레이서처럼 달릴 수 없는 것은 의식하지 않고 관성적으로 운전을 하기 때문입니다. 레이싱에 목적을 두지 않으니 의식 전환이 일어나지 않는 것입니다. 아무리 오랫동안 글을 써도 의식적인 훈련 없이 글을 쓰면 글이 늘 수가 없습니다. 피아노는 그냥 쳐지지 않습니다. 관성적인 몸을 괴롭혀 가면서 나태한 익숙함과 싸워야 합니다. 낯설게 봐야 비로소 새롭게 보이고, 보이지 않던 것들도 보이게 됩니다.

질문3 _ 낯설게 의식하면서 글을 쓴다는 말이 뭔가요?

내 글을 객관적인 거리를 두고 바라본다는 것을 의미합니다. 객관적으로 보려면 좋은 글과 나쁜 글을 선별하는 나름의 기준이나 프레임이 있어야 합니다. 사람마다 독특한 글쓰기 습관이 있습니다. 여기서 '나쁜'이란 단적으로 다른 사람이 내 글을 읽고 즐겁기는커녕 짜증 나게 하는 것, 내 글을 해독하느라 너무 많은 에너지를 소비하게 만드는 것을 말합니다. 나쁜 글들은 대개 중언부언 늘어져 있고, 주어와 술어의 관계가 배배 꼬여 있고, 문장의 맥락이 논리 정연하지 않고, 적확하지 않은 개념어나 추상적인 표현이 남용돼 이해가 어렵고 감동도 없는 글들입니다. 나쁜 습관에서 벗어나는 가장 좋은 방법은 글을 단문으로 짧게 써서 자신이 하고자 하는 뜻을 명료하게 드러내는 방법입니다. 단문은 문장의 표현력보다 말하고자 하는 내용에 더 집중할 수 있게 해줍니다.

질문4 _ 단문으로 짧게 쓰는 연습을 하려면 어떻게 하면 좋을까요?

나의 경우엔 이순신 장군의 《난중일기》가 참고서였습니다. 단문의 모범입니다. 그는 무인이라서 듣고 보고 알게 된 사실만을 기록하려고 애쓴 사람입니다. 글에 군더더기가 없고, 간명해서 힘찹니다. 형용사나 부사가 없어도 충분히 의미 전달이 된다면 덜어내도 됩니다. 물론 무조건은 아닙니다. 우리말은 형용사가 서술어로 사용되는 경우가 많고, 쓰지 않으면 느낌을 제대로 살리기 어려운 부사도 많아 적절하게 사용해야 합니다. 다만 여기서 말하고자 하는 것은 어떤 개념을 사용한 순간, 다른 상상력은 한정되고 배제된다는 점입니다. 의도하지 않았다면 군더더기가 됩니다. 예를 들어 '파란 바다'라고 쓰면, 그 바다가 품고 있는 다른 색은 지워집니다. 언어라는 게 명명되는 순간 그것과 그것이 아닌 것으로 구분됩니다. 그 의미만으로 제한되고 속박됩니다. 바다가 파란색만 있나요? 그 파란색은 모두에게 똑같은 파란색인가요? "파도는 거칠었고, 바람은 거셌다." 동사만으로도 바다는 충분히 역동적으로 표현될 수 있습니다. 임진년의 바다는 단문으로 표현된 사실 그대로의 바다였습니다. 글에도 다이어트가 필요합니다.

질문5_글을 못 쓰는 사람은 어휘력이 부족해서인가요?

아닙니다. 어휘력이라는 게 어휘의 양을 말하는 것일 텐데요. 그렇다면 어휘의 양이 부족한 초등생의 글이 어휘의 양이 많은 어른의 글보다 못하다고 할 수 있을까요? 몇 가지 단순한 어휘만으로도 윤동주나 김소월은 그토록 아름다운 시를 썼고, 아이들의 동시나 일기 글이 어른의 산문보다 못하다고 비교할 수 없을 겁니다. 물론 어휘력이 좋을수록 풍부한 표현을 해낼 수 있겠죠. 그래서 어휘력을 기르는 노력을 하라고 하는 것이겠지요.

그런데 글을 잘 쓰는 요인을 언어구사력, 즉 표현력으로 내세우는 건 잘못된 인식이라고 생각합니다. 그것은 후차적인 문제이고 사유하는 능력이 더 중요하다고 믿습니다. 느끼고 감각하는 능력, 예리하게 관찰하고 통찰하는 능력, 이것과 저것을 연상하고 유추하는 능력이 있으면 얼마든지 좋은 글을 쓸 수 있습니다. 화려한 표현, 기교가 뛰어난 글이 좋은 글이라고 인정받던 시대는 오래전에 지나갔습니다. 못 쓴 글은 어휘력이 부족한 글이 아니라 생각이 부족한 글입니다. 사용하는 어휘를 정확히 알지 못하고 그릇되게 쓰고 있거나 어휘가 지닌 느낌을 제대로 살려서 쓰지 못한 글입니다. 표현은 화려해도 생각이 부족하고 비문투성이인 글이라면 누구나 눈살을 찌푸리게 됩니다. 우리가 읽으려는 것은 그 사람의 진실된 마음과 생각이지 특출한 언어구사력이 아닙니다. 어휘력을 늘린다고 책 한 권을 필사하는 것보다 자신이 알고 있는 어휘만이라도 제대로 알고 적확하게 사용하려고 노력하는 것이 우선입니다. 노래를 잘하는 가수들은 가사를 뭉그러뜨리지 않고, 한 음 한 음을 또렷하게 짚어가며 전달합니다. 낱말의 의미와 맛을 살려내는 게 어휘력입니다.

질문6_ 막상 쓰려고 하면 쓸 게 없는데 어찌해야 하나요?

글감이 없다는 핑계 같습니다. 그런데 정말로 글감이 없어서 우리가 글을 못 쓰는 걸까요? 어떤 게 글감이 될 수 있을지 곰곰이 생각해 보지 않았기 때문이 아닐까요? 글이 되려면 뭔가 특별하고 거창하고 새로운 무엇이 있어야 한다는 선입견이 문제 아닐까요? 세상에 새롭고 특별한 것이 얼마나 있을까요? 모든 게 이미 있던 것들이고 반복되는 일들입니다. 다만 기존의 것들을 새롭게 보려는 시도와 관점이 있을 뿐이죠. 글감이 넘쳐나는 사람은 없습니다. 그렇다고 글을 쓰지 못할 만큼 부족한 것도 아닙니다. 사람들은 각자 자기 안에 글감의 우물을 가지고 있습니다. 그 우물의 뚜껑을 과감하게 열어 퍼내는 사람이 있는가 하면, 여는 게 두려워서, 혹은 별것 아니라고 남들이 흉볼까 봐 닫아놓고 퍼낼 줄 모르는 사람이 있을 뿐입니다. 누구에게나 살아온 생의 이력이 있습니다. 또 오래도록 종사해 온 업력이 있을 수 있고, 관심을 갖고 지식을 넓혀온 분야가 있을 수 있고, 좋아하는 취미나 취향이 있을 수 있습니다. 그 모든 이야기가 쌓여 있는 곳이 우물입니다. 퍼내다 보면 수위가 줄어들 거고, 그러면 책도 읽고 다양한 체험과 여행도 하면서 직간접적인 경험을 채워 넣으면 됩니다. 그것이 다시 글감이 됩니다.

글쓰기는 몸쓰기입니다. 몸으로 체득한 것들, 몸의 활동을 통해서 얻은 체험이나 깨달음은 매우 좋은 글감이 됩니다. 알바를 한 경험을 책으로 쓴 사람도 있고, 요가를 하면서 깨달은 것들을 책으로 쓴 사람도 있습니다. 아이를 키우면서 쓴 육아일기도 좋습니다. 우물이 비어 있어서가 아니라 그걸 퍼내지 않아서 영혼의 허기를 느끼는 경우가 더 많을 것입니다.

질문7 _ 글쓰기에 도움이 되는 독서 방법이 있나요?

가장 권하고 싶지 않은 독서가 양을 채우기 위한 독서입니다. 일 년에 백 권 읽기, 매일 열 페이지 읽기. 이런 과시용 독서는 글쓰기에 별로 도움이 되지 않습니다. 독서와 글쓰기는 분리될 수 없는 한 몸입니다. 특정한 주제의 글, 가령 논문이나 보고서 같은 글을 쓸 때 여러 참고도서를 집중적으로 읽어본 경험이 있을 겁니다. 그때 읽은 책들은 필요에 의해서 검토되고, 어떤 부분은 발췌되고, 사례들이 인용되면서 요긴하게 활용됐을 것입니다. 사용 목적이 분명할 때 독서는 즐겁고 효과도 배가됩니다. 그 경험을 살려서 꾸러미 독서를 해 보시길 권합니다. 흥미를 갖게 된 특정 주제나 관심사와 관련된 책들을 집중적으로 읽어내는 독서가 꾸러미 독서입니다. 이런 게 '빡독'이겠죠. 하나를 빡세게 밀어붙이는 독서. 그러면 그 분야의 지식도 깊어지고, 글쓰기 재료로서도 풍부하고 좋은 이야기가 한 갈래 생겨나는 셈이겠죠.

책 읽기 또한 몸쓰기입니다. 몸을 쓰면서 읽으면 훨씬 효과가 커집니다. 현재 자신이 하고 있는 몸의 체험과 관련된 책들을 섭렵해서 지식과 실전을 겸하면, 몸으로 느끼는 것이 훨씬 깊어지고 그 감각이 언어화돼 저장되는 효과를 얻을 수 있습니다. 또 몸을 쓰면서 읽는다는 얘기는 실제 소리 내서 낭독을 하고, 여럿이 모여서 함께 돌려가며 읽는다는 걸 말합니다. 눈으로만 읽지 말고, 손으로 밑줄을 치고 포스트잇을 붙이고, 노트에 옮겨 적고, 잘라서 붙여놓고, 페이지 여백에 내 생각을 기록해 두면서 읽는 것이 몸을 쓰면서 읽는 것입니다. 책은 모셔두는 골동품이 아니므로 아주 지저분하고 더럽게 사용할수록 좋습니다. 한 권을 읽었다고 다 내 것이 되는 게 아니라 내 쓸모를 위해 수집된 문장들, 내 생각과 부딪쳐서 점화된 부분만 내 것이 됩니다. 많이 읽어도 내 것이 되지 않는 독서는 책장사만 배부르게 할 뿐입니다.

출판사에 처음 투고하는 분들을 위한 조언

1

출판 원고는 크게 두 가지로 구분됩니다. 청탁 원고와 투고 원고. 출판사에서 기획해서 저자에게 집필을 요청하는 경우와 독자(아직 저자가 아니므로)가 자신이 쓴 원고를 출판사에 보내오는 경우입니다. 독자 투고의 경우 출판까지 진행되기가 쉽지 않습니다. 출판사가 가지고 있는 가장 단순한 출판 가부 판단 기준은 책을 만드는 데 투자한 비용을 판매를 통해 다시 회수할 수 있느냐입니다. 이 자본사회의 현실을 염두에 두고 투고를 해야 내 원고의 상태가 다시 보입니다. 혼자하는 넋두리에 지나지 않은지, 누군가에게 꼭 필요한 쓸모와 값어치를 지녔는지.

2

출판사가 낼 수 있는 양보다 출판을 욕망하는 독자들의 수가 훨씬 더 많습니다. 출판사 입장에서는 과중한 업무 중의 하나입니다. 출판사마다 투고된 원고를 검토하는 담당자를 정해 놓기 마련입니다. 담당자(편집자)는 원고를 검토하는 일만 하는 사람이 아니므로 다른 일로 바쁩니다. 그래서 사실상 신속하고 치밀하게 검토하기 어렵습니다. 투고자는 조급하게 결과를 재촉하기보다는 느긋하게 기다릴 줄 알아야 합니다. 치밀하게 검토하기 어려우므로 인상적으로 핵심을 드러내 보여주는 방법을 구사해야 담당자의 관심을 끌 수 있습니다.

3

출판사마다 출판 방향을 가지고 있습니다. 방향성이 맞더라도 함량 미달의 원고는 어느 출판사에 보내든 퇴짜를 맞을 확률이 높습니다. 그러나 그 출판사와 출판 방향이 맞지 않아 거절되는 경우도 있기 때문에 자신의 원고와 잘 맞는 출판사를 찾는 것이 중요합니다. 여러 출판사 이메일을 수집해 한꺼번에 동시다발로 원고를 보내는 독자도 있습니다. 예의가 아니기도 하고 검토 담당자 입장에서 불쾌할 수 있습니다. 시간 간격을 두고 한 출판사씩 정성스럽게 문을 두드려야 합니다.

문을 두드릴 때마다 조금씩 얻는 것이 있을 것입니다.

4

투고자 입장에서야 몇 달, 혹은 몇 년에 걸쳐 쓴 옥고일 테지만, 신중한 판단을 해야 하는 출판사업자 입장에서는 정말 의미 있는 원고가 아니라면 냉정해질 수밖에 없습니다. 그래서 출간 거절에 거리낌이 없습니다. 물론 출판사 관계자와 가까운 관계일 경우에는 담당자 입장에서도 여간 곤혹스럽지 않겠지요. 까닭에 출판사에 투고하기 전에 원고 상태를 재점검해 볼 필요가 있고, 투고 후에도 거절당하는 걸 두려워하거나 상처받지 말아야 합니다.

5

원고만 보내지 말고 원고의 개요서를 함께 보내는 게 좋습니다. 물론 자신의 프로필도 첨부해야 합니다. 원고가 매력적이지 않다면 어느 출판사든 전체를 다 읽어볼 물리적 시간이 부족합니다. 투고된 원고만 읽다가 날 샐 수는 없으니까요. 개요서가 있으면 원고 전체 내용을 파악하는 데 용이합니다. 자신의 경력도 출판 가부 판단에 중요한 판단 근거가 되는 정보입니다. 내용의 신뢰도나 전문성을 가늠해 볼 수 있는 요소일 테니까요.

6

신춘문예 심사도 그렇다고 합니다만 원고의 첫 페이지가 중요합니다. 글솜씨가 있는지 없는지는 첫 페이지 첫 단락만 읽어봐도 전문가들은 대개 압니다. 왜 다 읽어보지 않느냐고 항의하기 전에 첫 장부터 독자의 흥미를 유발할 만큼 매력적인가를 살펴볼 필요가 있습니다. 대학교재나 논문류가 아니라면, 지루하고 지겨운 것은 독자에게 형벌과도 같은 일입니다. 원고의 첫 부분은 소개팅의 첫인상과 같습니다.

7

목차와 머리말(서문)이 있어야 원고 파악에 용이합니다. 머리말은 저자가 왜 이 원고를 쓰게 됐는지에 대한 경위와 담고자 하는 내용, 어떤 독자에게 어떤 목적으로 필요한지를 개괄적으로 밝힌 글이라서 검토자 입장에서는 매우 유용합니다. 이것도 없이 보내오는 원고는 좋은 점수를 받기 힘듭니다. 집필 순서상으로도 목차와 서문을 대략으로라도 먼저 써보는 것이 원고 전체의 체계를 잡는 데 도움이 됩니다.

8

출판사 편집자는 함량 미달의 원고 수준을 높여주는 사람이 아닙니다. 문장의 수준이나 콘텐츠 완성도는 전적으로 저자의 역량으로 해결해야 합니다. 그러니 빨리 쓰는 게 중요한 것이 아니라 평생이 걸리더라도 어디 내놔도 부끄럽지 않은 책 한 권을 내겠다는 태도가 중요합니다. 원고를 쓰기 전에 좋은 글, 올바른 글이란 어떤 것인가를 먼저 공부하는 것이 좋습니다. 내용물을 담는 그릇이 부실하면 내용물도 부실해 보이기 마련입니다.

9

원고를 보내기 전에, 혹은 원고를 쓰기 전에 서점에 나가서 유사도서가 나와 있는지 시장조사를 해볼 것을 권합니다. 내가 쓰려고 하는 내용이 이미 너무 많이 나와 있고, 그 책들을 뛰어넘기가 힘들다고 판단되면 출판사에 보내봐야 채택되기가 쉽지 않을 것입니다. 그 경쟁도서들을 보면 내가 쓴 원고의 수준을 가늠해 볼 수 있고, 어떻게 차별화해서 나만의 이야기로 만들 것인가에 대한 전략을 세워볼 수 있습니다. 내 책을 위해 나무 수십 그루를 기꺼이 베어내도 좋은지에 대해서도 깊게 고민해 보면 좋겠습니다.

10

원고 집필 전에 편집자와 집필 방향이나 콘셉트를 의논하는 것이 헛수고를 줄일 수 있는 좋은 방법입니다. 다 쓴 원고를 뒤집어엎고 처음부터 써야 하는, 시간과 열정을 낭비하는 일이 종종 일어납니다. 물론 미리 도움을 받을 만한 편집자가 있거나 매력적인 기획안이나 집필 콘텐츠가 확실하게 있을 경우에 한해서 말입니다.

11

출판사는 당신의 원고를 책으로 만들기 위해 상당한 자본을 투자하게 됩니다. 독자는 당신의 책을 몇천 원에서 몇만 원을 들여 구매하고, 또 읽기 위해 긴 시간을 투자해야 합니다. 이 점을 깊게 생각해 봐야 합니다. 내 원고가 그 정도의 투자 가치가 있다고 여겨져야 상업출판이 가능합니다. 그런 원고가 아니라고 판단되면 자비 출판이나 주문형 소량 출판, 전자책 단독 출판 방식으로 제작해 친구들과 나누는 방법도 있습니다. 요즘 유행하는 독립출판처럼 내 책을 내 손으로 만들 수 있는 인쇄 여건이 갖춰져 있어서 꼭 상업출판만 고집할 이유도 없습니다.

12

출판사로부터 성의 없고 냉담한 거절의 답신을 받았더라도 결코 낙담하거나 노여워하거나 자책하지 마시기 바랍니다. 조앤 K. 롤링의 《해리 포터》도 수많은 출판사에서 퇴짜를 맞은 투고 작품이었다는 사실을 알면 조금 위안이 되실지 모르겠습니다. 좋은 원고는 반드시 눈 밝은 편집자를 만나게 되기 마련이고, 또 수많은 출판사가 지금도 눈에 불을 켜고 새로운 원고, 잠재력 있는 신인 작가를 애타게 찾고 있으니 도전을 멈추지 마시기 바랍니다. 베스트셀러가 아니더라도 당신도 책의 저작권자가 되는 놀라운 일이 곧 벌어지기를 기원합니다.

내게 정중함을 요청하는 당신께

"정중한 검토를 바랍니다"라는 투고자의 메일을 볼 때마다 드는 생각이 있다. 왜 잘 부탁한다거나 잘 살펴봐 주면 고맙겠다고 쓰지 않고 정중하게 검토해 달라고 할까? '정중한'의 의미는 내 원고를 꼼꼼하게, 끝까지, 정성껏 읽어달라는 간곡한 마음을 담고 있을 것이다. 또한 내 원고는 오랜 시간을 공들여 쓴, 독자들에게 매우 유익한 내용을 담고 있는, 어쩌면 희대의 베스트셀러가 될지도 모를 귀한 작품이니 가벼이 여기지 말아달라는 요구도 내포돼 있을 것이다.

투고자의 시간과 편집자의 시간은 다르다. 수많은 투고자가 보내오는 원고는 그에게 절절한 인생이지만 편집자에게 그것은 노동이고 짐이다. 당신은 당신의 노력과 시간을 들여 원고를 썼을 것이다. 편집자는 밥을 벌기 위해 자신의 노동과

235

전문성을 들여서 당신의 원고를 볼 것이다. 당신은 알고 있지 않은가? 돈을 내고 친구들과 춤을 추러 클럽에 간 사람의 시간과 돈을 벌기 위해 분장을 하고 무대에서 춤을 추는 사람의 시간이 같지 않다는 것을.

나는 일부러 냉정하게 말했다. 편집자는 당신의 원고를 당신이 요청한 대로 정중하게 끝까지 다 보지 않는다. 아니, 못한다. 이것은 실화다. 그러므로 당신에게는 전략이 필요하다. 편집자의 관심을 끌어낼 방안이 있어야 한다. 당신이 보낸 원고를 영화 필름이라고 생각해 보자. 관객은 아무 내용도 모르는 당신의 영화를 보기 위해 표를 끊지는 않을 것이다. 관객들은 예고편이나 시사회 평이나 기사를 확인하고 영화를 볼지 안 볼지 선택할 것이다. 예고편만 봐도 재미있는지, 내 취향과 맞는지 판단할 수 있으니까. 편집자도 마찬가지다. 예고편을 보고 당신의 원고를 휴지통에 버릴지, 만나자고 답신을 보낼지 판단을 내린다.

당신은 당황스러울 것이다. 왜냐하면 당신은 한 번도 출판사에 예고편을 따로 보내야 한다고 생각한 적이 없을 테니까. 걱정하지 마시라. 당신이 보낸 원고의 제목과 목차, 머리말이 예고편에 속한다. 어떤 신기가 뻗친 편집자는 당신이 보낸 이 메일 제목만 보고도 옥석을 가린다. 그에게는 원고의 제목이 예고편인 것이다. 예고편은 맛보기에 불과하지만 동시에 완결된 전체의 함축이다. 물론 본문은 무엇보다 중요하다. 대부분의 투고자는 본문에 최선을 다한다. 그래서 자신의 원고가 매우 훌륭하다고 여긴다. 문제는 투고 과정에서 생긴다. 투고자의 욕구와 편집자의 이해가 다르고, 투고자의 중요도와 검토자의 관점이 다르다는 것을 간과한다.

검토 단계에서 주로 외면당하는 원고들은 본문에 들이는 정성만큼 제목과 목차, 머리말에 신경을 쓰지 않은 원고들이다. "초고라서 제목이나 목차는 대략 달았어요. 편집자님께서 나중에 멋지게 고쳐주세요. 머리말은 원고를 보시면 알 것 같아서 쓰지 않았어요." 이런 마음으로 접근하면 당신의 원고가 그 위대한 편집자님으로부터 교정받을 기회를 가질 확률은 제로에 가깝다.

제목 하나만 해도 편집자에게 너무나 많은 정보를 제공한다. 원고의 전체 내용이 무엇을 담고 있는지, 이 원고의 대상 독자가 누구인지, 어떤 장르의 원고인지, 주제에 거시적으로 접근했는지 미시적으로 접근했는지, 시류에 편승한 것인지, 화제성 있는 이슈를 다룬 것인지, 개인적인 신파를 드러낸 것인지 힌트를 담고 있다. 책은 결국 미디어 매체이므로 신선한 재료로 요리한 것인지 한물간 식상한 재료로 연출한 것인지 시의성을 따질 수밖에 없다. 그것이 제목에서도 드러난다. 모든 책의 제목도 생로병사하는 생명체처럼 그 시대를 반영한다.

음식의 맛은 목차의 배열에서 더욱 확연해지고, 요리사의 수준은 머리말에서 확인된다. 편집자들은 출판시장에서 밥을 버는 전문가들이라서 제목과 목차만 봐도 관객이 얼마가 들지 수지타산이 맞을지 촉으로 가늠할 수 있다. 본문까지 들어가지 않아도 머리말에서 글 쓰는 역량이며 문장력이 충분히 검증된다. 기본기가 돼 있는 투고자라면 본문의 방향이 어긋난 경우라도 편집자는 관심을 둘 것이다. 만약 편집자에게 투고자의 이력이나 관심사에 적합한 기획 아이디어가 있다면 역으로 편집자가 제안 메일을 보낼 것이다.

나는 어떤 예고편을 보여주고 있는가? 구구절절 내 인생을 다 보여주려고 하면 망한다. 영화가 그렇듯 인생의 한 단면을 극적으로 드러내 보여주자. 예고편의 목표는 유혹이다. 어떤 관객은 화려하고 강렬한 영상에 끌리고, 어떤 관객은 진중하고 담백한 스토리에 끌리고, 어떤 관객은 고음보다 중저음의 배우에게 끌린다. 다 유혹할 수는 없다. 유혹의 대상을 정했다면 다른 유혹에 흔들리지 말아야 한다. 매력적인 사람은 상대방에게 정중함을 요청하지 않는다. 그 자체로 압도한다.

에필로그

아이들은 숨바꼭질이나 보물찾기 놀이를 좋아한다. 산다는 건 늘 무언가를 찾아야 한다는 은유가 놀이에 담겼다. 좋은 건 숨겨져 있고 쉽게 눈에 띄지 않는다. 날이 저물면 찾기를 멈춰야 한다는 것도 배운다. 욕심부리다간 어둠의 그림자에 뒷덜미를 붙잡힐지도 모른다. 혼자 남게 된다.

어른들을 위한 수수께끼도 있다. 모자와 우산과 연필의 은유는 뭘까. 이것들은 모두 '쓰는' 것들이다. 햇볕이 모자라서 쓰고 햇살이 눈부셔서 쓴다. 비가 와서 쓰고 그리워서 꾹꾹 눌러 쓴다. 써야 할 때와 쓰지 않아야 할 때를 내가 정하는 게 아니라 날씨가 정하고 타인이 정한다. 내가 원한 게 아니지만 따를 줄도 알아야 한다는 걸 배운다. 써야 할 때 쓰지 않고 쓰지 말아야 할 때 쓰면, 역시 혼자 남게 된다.

가만히 생각해 보면 산다는 건 비율을 정하는 일 같다. 균형을 잘 잡아야 넘어지지 않고 걸을 수 있는 것처럼 무게중심을 잡고 평정을 유지하며 살아야 하는 일이 인생살이 같다. 쉬운 것 같은데 참 쉽지가 않다. 여지없이 누군가에게 쏠리기도 하고 들떠서 한쪽으로 치우치기도 한다. 밤이 깊었는데도 숨은 것들을 찾겠다고 길 한복판에 마음을 홀로 세워두고 들어온다. 집으로 돌아오지 못하고 실종된 행복들이 세상에 얼마나 많은가.

마음을 내지 못해 힘들고 마음을 너무 내서 힘들다. 사람이 있어서 힘들고 사람이 없어서 힘들다. 그리워서 힘들고 그리워하지 않으려고 해서 힘들다. 일생 전부에서 힘든 날들을 빼면 나머지는 다 좋은 날이어야 하는데, 그런 분명한 산술은 인생 수학에는 없다. 밑돌 빼 윗돌 괴듯이 어리석어서 힘든 날을 빼면 통째로 인생이 없어진다. 있어도 괴롭고 없어도 괴롭도록 설계돼 있다. 외로우면 그립고 그리우면 외롭다. 뫼비우스의 띠처럼 시작과 끝도, 안과 바깥도 잘 분별되지 않는 게 삶이다. 완벽하게 좋거나 완벽하게 나쁜 것도, 완전하게 맞거나 완전하게 틀린 것도 없다.

그 애매모호함을 긍정할 것. 달리 뾰족한 수가 없다. 스스로 비율을 정하고 사는 수밖에 없다. 나쁜 것보다 좋은 게 조금이라도 더 많다고 생각 들면 그건 괜찮은 것이다. 정다운 날에도 외로움이 스며 있고, 좋은 사람에게도 힘든 면이 있다. 그러면 비율적으로 괜찮은 날이고 괜찮은 사람이다. 내가 가진 요령이 하나 있다. 아주 힘겨운 일이 있을 때는 월요일로 정한다. 조금 덜 힘겨운 날일 때는 화요일로 정한다. 괜찮은 사람을 만난 날은 금요일이고, 아주 기분 좋은 일은 토요일이고, 조금 기쁜 일은 일요일로 잡는다. 다행히 오늘은 토요일이다. 좋고 나쁘고 수월하고 힘겨운 모든 날이 다 나의 요일들이다.

그리운 것 따로, 외로운 것 따로, 슬픈 것 따로가 없다. 섞여서 함께 다닌다. 분리되지 않는다. 그때의 기분에 가장 잘 어울리는 걸로 골라서 그것으로 쓸 뿐이다. 그러므로 내가 너를 사랑할 때 사랑만 가는 게 아니다. 미워할 때 미움만 가는 게 아니다. 그걸 액면 그대로 받아들이고 오해하면 바보천치다. 단순하게 해석하면 진심을 놓치게 되고 관계를 망치게 된다. 양파나 양배추가 들어가는 음식들을 보라. 기름기 많고 느끼한 음식들이다. 그건 은유다. 중첩된 겹겹의 의미들이 느끼함을 잡아내고 음식의 풍미를 더한다. 독해력이나 의역에 따라 맛이 달라진다. 삶은 각자의 해석이다.

그리움은 내가 해석한 문학이고 예술이다. 그리움은 나에게 우산이고 모자이고 문장이었다. 사람에게는 저마다 삶의 화두가 있고 숙제가 있고 이유가 있다. 그리움이 나의 이유다. 내가 상속할 게 있다면 그리움이 유일하다. 내가 떠난 뒤에도 그리움이 남아서 나를 그리워했으면 좋겠다. 물론 지금은 내가 그리워해야 할 것들에 대하여, 그리운 삶에 대하여 게으르지 않겠다. 내가 나를 몹시 그리워하는 수요일이 있듯이 당신에게도 당신을 그리워하는 요일이 있기를 바란다. 당신의 뒤를 부탁할 그리움 하나가 인생에 있기를 바란다.

그리움의 문장들

초판 1쇄 발행	2021년 2월 25일
초판 2쇄 발행	2021년 3월 12일

지은이	림태주
펴낸곳	(주)행성비
펴낸이	임태주
책임편집	이세원
디자인	최성경
출판등록번호	제313-2010-208호
주소	경기도 파주시 문발로 119 모퉁이돌 303호
대표전화	031-8071-5913
팩스	031-8071-5917
이메일	hangseongb@naver.com
홈페이지	www.planetb.co.kr

ISBN 979-11-6471-140-6 (03810)

행성B는 독자 여러분의 참신한 기획 아이디어와 독창적인 원고를 기다리고 있습니다.
hangseongb@naver.com으로 보내 주시면 소중하게 검토하겠습니다.